Knaur.

Knaur.

Im Knaur Taschenbuch Verlag ist bereits folgendes Buch des Autors erschienen:
Wie ich meinen Eltern den letzten Nerv raubte. Enthüllungen eines Säuglings

Über den Autor:
Simon Brett, geboren 1945, studierte Geschichte und Anglistik. Er war Produzent und Autor von Fernsehshows und -serien, bis er sich ganz aufs Schreiben verlegte. Inzwischen ist er erfolgreicher Krimi-, Drehbuch- und Hörfunkautor und erhielt für seine Arbeiten zahlreiche Preise. Simon Brett ist verheiratet und hat drei Kinder.

Über den Illustrator:
Tony Ross wurde 1938 in London geboren. Nach seiner Ausbildung an der »Liverpool School of Arts« arbeitete er als Trickfilmzeichner sowie als Grafikdesigner und Artdirector in einer Werbeagentur. Danach war er als Dozent für Bildende Kunst an der Universität Manchester tätig. Tony Ross ist heute einer der beliebtesten Bilderbuchillustratoren in England und lebt mit seiner Frau in Cheshire.

Simon Brett

Guck mal, wer da läuft

Enthüllungen eines Kleinkindes

Mit Illustrationen von
Tony Ross

Aus dem Englischen von
Karin S. Schüler

Knaur Taschenbuch Verlag

Die englische Originalausgabe erschien 1994 unter dem Titel
Look who's walking bei Victor Gollancz Ltd., London.

Dieser Titel erschien im Knaur Taschenbuch Verlag
bereits unter den Bandnummern 72203 und 73046.

Besuchen Sie uns im Internet:
www.knaur.de

Vollständige Taschenbuch-Neuausgabe
November 2006 Knaur Taschenbuch.
Ein Unternehmen der Droemerschen Verlagsanstalt
Th. Knaur Nachf. GmbH & Co. KG, München.

Umschlaggestaltung: ZERO Werbeagentur, München
Umschlagabbildung: © Tony Ross, 1994
Satz: Ventura Publisher im Verlag
Druck und Bindung: Clausen & Bosse, Leck
Printed in Germany
ISBN-13: 978-3-426-63475-2
ISBN-10: 3-426-63475-9

2 4 5 3 1

Für Hal Motley,
dem alles Folgende wohl bekannt ist.

Einleitung

Für diejenigen, die den ersten Band meiner überaus erfolgreichen Memoiren »Wie ich meinen Eltern den letzten Nerv raubte« noch nicht kennen (viele können es aber nicht sein), hier nun eine kurze Zusammenfassung meines bedeutungsvollen ersten Jahres.

Nach einem ziemlich traumatischen Eintritt in die Welt (keine Erfahrung, die ich noch einmal durchleben möchte) machte ich eine erstaunliche Entwicklung durch. Ich nahm immer mehr an Gewicht zu, ging zu fester Nahrung über, beherrschte schließlich das Sitzen (und Umfallen), konnte mich ohne Beschränkung fortbewegen und sagte sogar mein erstes Wort ... Die Liste ließe sich beliebig verlängern, und die Möglichkeiten, Chaos zu stiften, sind unbegrenzt.

In diesem ersten Jahr haben sich auch meine Eltern entwickelt. Ihre Fortschritte sind zwar nicht so erstaunlich wie meine, aber doch ziemlich beeindrukkend.

Ja, wenn ich es recht bedenke, dann haben sie einen ganz schön langen Weg hinter sich. In den ersten Monaten gaben sie sich allen möglichen naiven Illusionen hin. Es fing damit an, daß sie dachten, ein Baby – das heißt ich – würde ihr Leben nicht grundsätzlich verändern. Tja, was diese Vorstellung angeht, habe ich sie bald eines Besseren belehrt.

Sie dachten auch – und fast treibt es mir die Tränen in die Augen –, daß sie sich ganz selbstsüchtig ihren eigenen Vergnügungen hingeben könnten. Ganz naiv nahmen sie an, daß ihr gesellschaftliches Leben nach meiner Ankunft genauso weiterginge wie zuvor. Auch hatten sie die irrige Vorstellung, daß sie mit dem Sex genauso ungehemmt fortfahren könnten ... Hähä!

Ich muß wohl nicht betonen, daß sie sich diesen Illusionen nicht allzu lange hingaben. Dafür habe ich gesorgt.

Natürlich war das keine einfache Aufgabe. Manchmal brauchten meine Eltern unheimlich lange, um zu kapieren, wie sich jemand in ihrer Lage zu verhalten hat. Von Zeit zu Zeit gaben sie sogar vor, einen gewissen Einfluß auf mich auszuüben ... lächerlich. Nichtsdestotrotz gab ich nicht nach; es war ein hartes Stück Arbeit und erforderte viel Geduld, aber am Ende des ersten Jahres waren meine Eltern so fügsam, wie man es sich nur wünschen kann. Sie hatten vollkommen akzeptiert, daß nur einer im Haus den Ton angibt, und das bin ICH.

So beginne ich nun mein zweites Jahr voll Vertrauen in die Zukunft, aber auch etwas vorsichtig. Eltern meinen es zwar gut, aber man darf sie nie aus den Augen lassen. Kehrt man ihnen auch nur einen Augenblick den Rücken zu, sind sie fähig, einen hereinzulegen. Deshalb muß ich ihnen auch immer gehörig aufs Dach steigen. Es tut mir leid, aber hat man es mit Eltern zu tun, dann ist Grausamkeit gefragt, wenn man nett sein will. Ihnen, lieber Leser, soll dieses Buch jedoch reine Unterhaltung bieten. Sie können sich geehrt fühlen, daß Ihnen Auszüge aus dem Tagebuch über mein zweites Lebensjahr geboten werden. Sie sind ein richtiger Glückspilz!

Die kleine Nervensäge

(ich)

Dreizehnter Monat

Erster Tag

Nun ist es also soweit – mein zweites Lebensjahr beginnt.
Und wie haben meine Eltern dieses Ereignis gefeiert? Sie versuchen gerade, den Kater von gestern abend zu überwinden. Typisch. Wann werden die beiden endlich erwachsen?!
Ich hatte beschlossen, das Ereignis durch mein zweites gesprochenes Wort zu feiern. Und ich wußte genau, welches Wort das sein würde: markig, zweckdienlich und ganz meiner Persönlichkeit entsprechend.
Der ideale Moment für das neue Wort war gekommen, als sie mich badete. Sie, mehr oder weniger katerfrei, stellte wieder einmal eine dieser blöden Fragen, die ihre Dialoge mit mir durchziehen. »Soll ich denn meinem kleinen Schatz die Haare waschen?« fragte sie. Ich ließ keinen Zweifel aufkommen, wie ich darüber dachte: »NEIN!« brüllte ich.

Vierter Tag

Als er heute von der Arbeit zurückkam, versuchte sie, mir mein neues Wort zu entlocken, um es ihm vorzuführen. Sie setzte mich auf ihre Knie und flötete: »Na, will mein Schatz dem Papa sein neues Wort sagen?«
»NEIN!« brüllte ich.
Leider waren sie entzückt.

Fünfter Tag

Sie drängt mich unheimlich zu dem sogenannten »Kontakt mit anderen Kindern«. Ständig redet sie über etwas, das sie »Mutter-Kind-Gruppe« nennt.
Klingt in meinen Ohren entsetzlich. Dem zufolge, was ich bisher gesehen habe, sind Kinder egoistische, bockige, unkommunikative Ungeheuer, deren einziges Ziel die Durchsetzung ihres eigenen Willens ist.
Ich würde sagen, daß hier nur für eines Platz ist.

Sechster Tag

Eine weitere Möglichkeit, das neue Wort anzubringen. Seine Mutter kam vorbei. »Hast du denn dein Omilein lieb?« flötete meine Mutter.

»NEIN!« brüllte ich.

Sie entschuldigte sich vielmals für meinen Fauxpas, aber ich glaube, daß sie in ihrem tiefsten Inneren jubilierte. Auf jeden Fall bekam ich eine Extraportion Eis, als wir alle zusammen Tee tranken.

Siebter Tag

Heute kam ihre Mutter vorbei. »Na, Schatz, kannst du denn deine Oma überhaupt nicht leiden?« flötete meine Mutter.

»NEIN!« brüllte ich, und die beiden brachen in Gelächter aus. Ich war zutiefst empört, einem solchen gemeinen Trick zum Opfer gefallen zu sein. Aber ich habe es ihr heimgezahlt. Nur Augenblicke später sagte sie unbedacht: »Aber deine Mama hast du doch ganz lieb, mein süßer Kleiner?«

»NEIN!« brüllte ich.

Achter Tag

Da ich an der linguistischen Front solch große Vorstöße unternommen hatte, überlegte ich, ob ich mich nicht ein Weilchen auf meine Fortbewegung konzentrieren sollte. Wenn man bedenkt, wie mein Zerstörungspotential wachsen wird, sobald ich einmal laufen kann ...!

Elfter Tag

Da sie dieser zum Scheitern verurteilten Idee der Mutter-Kind-Gruppe immer noch nachhängt, hatte sie eine andere Mutter gebeten, ihr Kind heute morgen vorbeizubringen. Das war echt ätzend.
Und was noch schlimmer ist: Dieser kleine Klugscheißer konnte auch noch laufen, was noch ätzender war.

Zwölfter Tag

Das Laufen kann doch nicht so schwer sein. Ich meine, es geht doch nur darum, einen Fuß vor den anderen zu setzen, oder? Meine Eltern können es schließlich auch, und das, was ich bisher von ihnen gesehen habe, läßt nicht auf eine überdurchschnittliche Begabung irgendwelcher Art schließen.
Ich werde ein paar vorsichtige Experimente durchführen, wenn sie nicht hinschauen.

Dreizehnter Tag

Im Augenblick ist meine grundlegende Fortbewegungsart das Krabbeln, aber damit stoße ich an Grenzen. Sie haben kapiert, in welcher Höhe mein Aktionsradius endet, und alles, was nur irgendwie interessant wäre – der CD-Player, sein Rasierapparat, der elektrische Wasserkessel –, ist nun

für mich unerreichbar. Mit dem Laufen kann ich nicht länger warten. Es ist unverzichtbar, wenn ich Fortschritte bei der häuslichen Demolierung machen möchte.

Vierzehnter Tag

Im Augenblick kann ich solange aufrecht stehen, wie ich mich an etwas festhalte. Ich fühle mich dabei ziemlich sicher – bis meine Knie weich werden. Wenn das geschieht, kralle ich mich einfach an dem, was ich gerade in Händen halte, fest und hänge mich mit meinem ganzen Gewicht daran.
Diese Übung zeitigt manchmal erfreuliche Erfolge. Zum Beispiel heute morgen, als sie versuchte, eine ihrer Karrierefreundinnen zu beeindrucken. Sie wollte – trotz meiner Anwesenheit – cool und überlegen wirken. Ich habe es geschafft, ihr den Rock herunterzuziehen.

Fünfzehnter Tag

Sie hatte heute morgen wieder die Mutter mit diesem Kind eingeladen. Zwei Mütter und zwei Kinder würde ich keine Gruppe nennen. Alles, was ich weiß, ist, daß hier mindestens ein Kind überflüssig ist.
Sobald sie das Kind auf den Boden gesetzt hatten, bin ich zu ihm hingekrabbelt.
»O, sehen Sie nur, wie entzückt sie sind, sich wiederzusehen«, flötete sie.
Ich habe meinen Finger in das Auge von diesem Klugscheißer gepikt.

Sechzehnter Tag

Als sie heute morgen in der Küche bügelte, habe ich es mit dem freien Stehen probiert. Ich habe mich an der Armlehne des Sofas hochgezogen (und dabei einen gelungenen Fleck hinterlassen – ein halb durchgekauter Schokoladenkeks ist einfach unschlagbar). Dann habe ich mich so weit entfernt, wie es mein Mut erlaubte, und habe losgelassen.
Einen kurzen, schwindelerregenden Moment lang fühlte ich, wie es ist, auf den eigenen zwei Füßen zu stehen. Plötzlich knickten meine Beine ein, und ich landete mit Karacho auf meinem Hintern. Abwarten und Tee trinken – ich schaffe es schon!

Achtzehnter Tag

Sie hat mich heute in den Supermarkt mitgenommen. Mir macht das immer großen Spaß, denn ich werde in den Kindersitz vom Einkaufswagen gesetzt und dann durch die Gänge geschoben. Einfach toll – ich fühle mich wie ein Mitglied der königlichen Familie in einer Kutsche. Inzwischen lasse ich dem Pöbel um mich herum ziemlich geschickt ein königliches Winken zuteil werden.

Sie freut sich sehr über diese kleine Eigenart und sagt immer, wie schlau ich bin. Erst heute habe ich kapiert, warum. Sie fordert mich auf zu winken, weil es mich daran hindert, all die anderen Dinge zu tun, die ich normalerweise in einem Einkaufswagen anstellen könnte. Warum habe ich Idiot das nur nicht früher gemerkt?

Ich mache die verlorene Zeit wieder wett. Ich habe eine Entdeckung gemacht: Wenn ich schnell durch den Supermarkt geschoben werde und mich dann an etwas festhalte, ist das, wie wenn man im Auto bei voller Fahrt die Handbremse zieht.
Beim ersten Mal habe ich sie kalt erwischt. Wir hatten einen ganz schönen Zahn drauf, als ich mich plötzlich an einem Regal am Ende eines Gangs festhielt. Der Einkaufswagen schlitterte zur Seite und riß ihr beinahe die Arme aus den Gelenken.
Sie versuchte noch, die Kontrolle über den Wagen wiederzugewinnen, als ich genauso plötzlich losließ.

Unser Gefährt schoß diagonal über den Gang und donnerte in den Wagen einer Rentnerin, die in eine Dosenpyramide von Hundefutter im Sonderangebot flog.
Das macht Laune!

Neunzehnter Tag

Als sie mir im Bad die Windeln wechselte, ließ sie mich einen Augenblick lang allein nackt liegen. Ich dachte mir, ich könnte diese Nummer mit dem Allein-auf-beiden-Füßen-Stehen noch einmal ausprobieren. Zwar hat es lange gedauert, bis ich fiel, aber das Unvermeidliche ließ sich nicht ewig hinausschieben. Wie üblich begann ich zu schwanken, meine Beine knickten ein, und ohne meine Windeln als Airbag bekam mein Hintern die volle Wucht des Aufpralls ab. Und diesmal tat es weh. Wirklich weh. Ich war mir über die Verwundbarkeit eines windellosen Hinterns vorher nicht ganz im klaren gewesen.

Ich ließ einen gewaltigen Schrei los, und sie kam gerannt, um mich zu trösten.
Mein Hintern brannte und war noch ganz rot, als ich abends ins Bett ging. Ich denke, daß ich von weiteren Stehexperimenten erst einmal absehen werde.

Dreiundzwanzigster Tag

Wieder im Supermarkt. Diesmal hat sie aufgepaßt und den Einkaufswagen genau in der Mitte des Gangs entlanggeschoben, so daß ich nichts packen konnte. Also habe ich mich auf das Zeug im Einkaufswagen konzentriert. Ich beschloß, es zu essen. Ein paar von den Packungen waren zwar wohl von der Wach- und Schließgesellschaft entworfen worden, aber meine Angriffe waren trotzdem von Erfolg gekrönt.

Ich aß drei Brötchen, ein Stück Edamer, eine Banane, eine halbe Packung Spaghetti, einen Nachfüllbeutel Shampoo, ein Stück Butter und eine Packung Katzenkekse.
Wenn ich »essen« sage, meine ich natürlich nicht, daß ich wirklich richtig gegessen habe – ich habe nur alles angekaut und vollgesabbert, so daß es ziemlich eklig aussah. Bis auf die Katzenkekse. Die habe ich gegessen. Ich weiß nicht, ob Sie die Dinger schon einmal probiert haben. Sie sind köstlich.

Siebenundzwanzigster Tag

Man kann Eltern wirklich keinen Moment allein lassen. Sobald man ihnen den Rücken zukehrt, kommen sie auf die lächerlichsten Ideen. Ich habe meinen Ohren nicht getraut, als sie heute abend wieder davon anfing. Ich hatte gegessen und mein Bad bekommen. Er war zu Hause und kippte sich wie üblich einen Scotch hinter die Binde, und ich genoß gerade meinen allabendlichen Schlummertrunk.
Wir sind da in eine wirklich sehr angenehme Gewohnheit hineingerutscht. Sie stillt mich überhaupt nicht mehr – nein, ich haue mit viel Appetit rein, wenn es Essen gibt. Aber abends geht nichts über einen netten, warmen Milchdrink.

Jedenfalls döste ich nach ein wenig genüßlichem Saugen und Knabbern wie üblich ein. Ich war noch nicht richtig eingeschlafen, aber es war klar, daß sie annahmen, ich schliefe.
Sie begann mit der Unterhaltung. »Ich habe heute meinen Chef angerufen. Er möchte gern, daß ich so bald wie möglich wieder arbeite.«
Ich war wie vom Donner gerührt. Ich dachte, ich hätte diesem Blödsinn mit »ein eigenes Leben leben« endgültig Einhalt geboten. »Gut«, antwortete er. »Wir können das zusätzliche Geld wirklich gut gebrauchen. Wie bald ist ›so bald wie möglich‹?«
»Sobald ich jemanden gefunden habe, der sich um das da kümmert.« Schon die Wortwahl grenzte an Gotteslästerung. Und ich hasse es ganz besonders, wenn man mich als »das da« bezeichnet.
»Meinst du nicht, daß unser kleiner Hängehintern etwas dagegen haben wird?«
Es dauerte einen Augenblick, bis ich kapierte, daß er mit Hängehintern MICH meinte. Ich gebe zu, daß ich zutiefst gekränkt war. Niemand sieht mit Windeln und Plastikhose gut aus. Ich möchte gerne sehen, was für eine Figur er im Büro abgeben würde, wenn er ein solches Paket unter seiner Hose herumtragen müßte.
»Nein«, entgegnete sie ärgerlich. »Natürlich nicht.«
»Du meinst also, daß du mit dem Abstillen keine Probleme haben wirst?« fragte er.
»Eigentlich habe ich ja schon abgestillt«, antwortete

sie leichthin. »Abends stille ich nur noch, um ihn zu beruhigen. Das wird bald ein Ende haben.«
Ich war entsetzt über ihre Hartherzigkeit. Ich fühlte mich verraten. Da hatte ich in meinem Leben Fortschritte gemacht, hatte meine feste Nahrung hinuntergeschlungen und so weiter, und sie hatte die ganze Zeit nichts anderes geplant, als mich abzustillen, damit sie mich allein lassen und sich im Büro amüsieren konnte. Ich sorgte dafür, daß sie für ihre Tollkühnheit bezahlten. Ich wachte sofort auf, um ihrem verräterischen Treiben ein Ende zu setzen, und hielt sie die ganze Nacht mit meiner Plärrerei auf Trab.

Dreißigster Tag

Samstag. Er hat mich heute zum Einkaufen mitgenommen, und ich denke, daß ich voller Stolz auf dieses einmalige Erlebnis zurückblicken kann. Neben dem üblichen langweiligen Zeug kaufte er auch eine Flasche Whisky.
O diese Umsicht, mit der ich wartete, bis er mir den Rücken zukehrte! Und wie geschickt ich die Flasche am Hals aus dem Einkaufswagen heraushob und über dem Boden baumeln ließ, bis er sich umdrehte und sah, was sich abspielte. Bevor er irgend etwas tun konnte, fiel die Flasche runter und zerbarst mit einem

sehr zufriedenstellenden Scheppern. Ich glaube, daß ich noch nie einen so erschütterten Gesichtsausdruck erlebt habe.

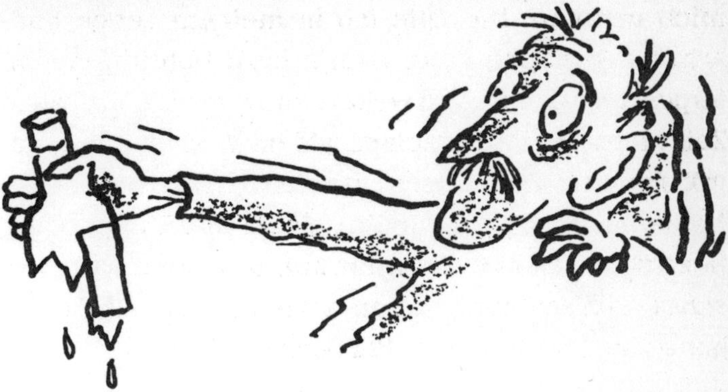

Vierzehnter Monat

Erster Tag

Ich weiß nicht, aber kaum waren wir den Klugscheißer los, hat sie den nächsten zukünftigen Einstein zu uns nach Hause eingeladen. Den hatte ich noch nie gesehen. Sie hatte die Mutter kennengelernt, als sie wegen meiner Geburt im Krankenhaus war. Natürlich hatte damals niemand das andere Baby wahrgenommen, denn es war bei weitem nicht so schön, begabt, entwickelt, intelligent und natürlich nicht im geringsten so prächtig wie ich.
Aber das ganze letzte Jahr über kam mit zunehmender und alarmierender Häufigkeit die Rede auf das andere Baby. Wenn man ihr glaubt, dann hatte dieser Miniatur-Einstein die Unverschämtheit, sich in manchen Bereichen schneller zu entwickeln als ich. Und jetzt redete sie ständig davon.

Ich muß diese Entwicklung sehr aufmerksam beobachten, damit sich später keine Schwierigkeiten für mich ergeben. Wenn ich nicht aufpasse, wird dieses andere Baby zum Fluch meines Lebens. Man weiß ja, wie so etwas geht: Es besiegt Karpow, bevor es die letzten Zähne bekommt, es gewinnt einen Oscar für seine Interpretation von »Alle meine Entchen«, und seine Fingermalereien werden im Museum für Moderne Kunst ausgestellt.

Siebter Tag

Baby Einstein war heute wieder Gegenstand der Unterhaltung. Offensichtlich beherrscht das kleine Miststück nicht nur zwanzig Wörter, sondern läuft auch schon seit zwei Monaten! Ist doch logisch, oder?
Meine Reaktion darauf ist klar – schließlich kann niemand einen Angeber ausstehen.
Hm ... Vielleicht sollte ich meinen Plan doch etwas ändern und der Sache mit dem ersten Schritt mehr Priorität einräumen?

Achter Tag

Ich bin mir über den ersten Schritt noch nicht im klaren. Es könnte Nachteile bringen. Wenn man zu schnell läuft, könnte das beispielsweise dazu führen, daß man weniger hochgenommen wird. Im Moment werde ich ziemlich oft hochgenommen und stilvoll herumgetragen. Ich möchte das nicht zu schnell aufgeben.
Und ich kenne sie. Kaum hat sich die anfängliche Aufregung über den ersten Schritt gelegt, wird es als Selbstverständlichkeit hingenommen, daß ich laufe. Bevor ich auch nur weiß, was geschieht, wird man von mir erwarten, daß ich **überall** hinlaufe.

Elfter Tag

Heute habe ich sie ordentlich gefoppt. Sie waren beide zu Hause, und ich habe mich an der Lehne seines Sessels hochgezogen. Dann bin ich ein wenig zur Seite gegangen und hielt mich nur noch mit einer Hand fest.
Sie waren ganz aufgeregt, und er hat sogar einmal seinen Blick von der Glotze abgewendet. Nachdem ich

die volle Aufmerksamkeit des Publikums hatte, genoß ich das Theaterstück in vollen Zügen. Ich habe einen Fuß vom Boden gehoben und ihn ausgestreckt – er schwebte in der Luft wie bei einem Ballettänzer.
»Schau«, zischte sie. »Schau! Ich glaube, er macht ... Das ist sein erster Schritt.«
Ich habe die Situation ausgekostet, solange es ging. Die Hand habe ich immer ein wenig bewegt, so, als wollte ich die Lehne loslassen. Mit dem Fuß habe ich so herumgewedelt, als wollte ich gleich einen Schritt nach vorne tun.
Nach ein paar Minuten wurde das Ganze jedoch unbequem, und mit einem kleinen Seufzer ließ ich mich elegant auf meinem Hintern nieder.
Die Enttäuschung stand ihnen ins Gesicht geschrieben,und sie taten mir fast ein wenig leid. Und siehe da, dieses verdammte Baby Einstein wurde wieder erwähnt. Es scheint fast so, als ob ein kleiner Schritt von ihm für sie einen Riesensprung bedeutet ...

AUS DER BAHN

Fünfzehnter Tag

Ein Freund von ihr ist heute vorbeigekommen und hat mir ein Geschenk mitgebracht. Es ist ein kleiner, grellbunter Plastiktisch mit Löchern, in den man mit einem kleinen, grellbunten Plastikhammer kleine, grellbunte Plastikstäbe schlagen kann. Auf der Pakkung steht »pädagogisch wertvoll«. Das Hinterletzte!

Es gab nur einen Ausweg: Ich ignorierte das Ding total.

Die beiden ließen sich daraufhin auf dem Boden nieder und zeigten mir, wie es funktioniert. »Schau mal, mit dem Hämmerchen mußt du klopf, klopf machen!« sagten sie. »Und wenn wir mit dem Hämmerchen draufklopfen, rutschen die Stäbe nach **unten**, siehst du?«

Natürlich tun sie das, aber was soll's? Man schlägt also auf die Stäbe ein, und sie rutschen nach unten. Dann hat man einen grellbunten Plastiktisch mit einer Menge grellbunter Plastikstäbe, die unten herausgukken ... bringt das die Menschheit wirklich einen Schritt in irgendeine nutzbringende Richtung weiter?

»Und dann, schau mal – kannst du das Ganze **umdre-**

hen!« verkündeten sie voller Freude. »Und was machen wir dann? Ja, klopf, klopf, klopf – und die Stäbe rutschen wieder nach **unten**, siehst du?«
Ist es ein Wunder, daß das Bildungsniveau in diesem Land heutzutage so niedrig ist?

Siebzehnter Tag

Inzwischen bin ich zu einem richtigen Experten in Sachen Laufstuhl geworden. Zwar funktioniert das mit der Lenkung noch nicht, aber die Farbe blättert in großen Stücken von den Fußleisten ab.

Achtzehnter Tag

Die Katze hatte heute morgen noch nicht kapiert, um wie viel beweglicher ich mit dem Laufstuhl bin.
Seit heute nachmittag weiß sie es.
Nachdem ich sie ein paar Stunden lang in die Enge getrieben und verfolgt hatte, flüchtete sie. Die Katzenklappe tat einen solchen Schlag, daß es im ganzen Haus zu hören war.
Als ich ins Bett gebracht wurde, war die Katze noch nicht zurück.

Neunzehnter Tag

Die Katze ist noch immer nicht zurück.
Es ist unglaublich, aber sie scheint wirklich entschlossen zu sein, wieder zu arbeiten. Sie hat tatsächlich Bewerberinnen eingeladen, die auf mich aufpassen

sollen. (Sie haben sich gegen eine Tagesmutter entschieden – zu teuer –, auch ein Au-pair kommt nicht in Frage – zu unerfahren. Sie wollen deshalb ein gutes, altmodisches Kindermädchen.) Heute kam die erste Bewerberin.

Was mich angeht, so sind sie ohnehin alle absolut ungeeignet, aber da ich nichts sagen kann, muß ich versuchen, **mich** als ungeeignet für **sie** erscheinen zu lassen.

Bei der ersten Bewerberin schielte und sabberte ich und gab beängstigende Grunzlaute von mir.

Einen Augenblick lang dachte ich, ich hätte mir ins eigene Fleisch geschnitten, denn die Bewerberin verkündete, sie hätte eine spezielle Ausbildung für Kinder mit Lernschwierigkeiten.

Glücklicherweise kränkte die Andeutung, irgend etwas könnte mit mir nicht stimmen, meine Mutter so sehr, daß sie das Mädchen rauswarf. Eine weniger. Ob ich die beiden anderen wohl auch so leicht loswerde?

Zwanzigster Tag

Heute kam die zweite Bewerberin. Ich habe sie ordentlich vollgespuckt (so waren zumindest meine Übungen im eruptiven Erbrechen während meines ersten Lebensjahres nicht umsonst). Diese Frau, die übrigens wie eine Sumo-Ringerin gebaut ist, lachte jedoch herzlich und erklärte, daß sie mir **diese** kleine Unart abgewöhnen würde. Während sie redete, warf sie mir einen Blick zu, der jedem anderen Kind das Blut in den Adern hätte gefrieren lassen. Er schien zu sagen: »Warte nur, bis ich mit dir alleine bin – dann wird sich schon zeigen, wer hier der Boß ist.« Ich nahm die Herausforderung an und feuerte ähnlich giftige Blicke ab.

Zweiundzwanzigster Tag

Heute kam die dritte Kandidatin. Als sie sich zu mir herunterbeugte, um mich zu tätscheln (Ich bin doch kein Hund, verdammt noch mal!), habe ich ihr in den Finger gebissen. Das Mädchen, ungefähr zwanzig und noch dazu ziemlich gut aussehend, lachte herzlich

und meinte nur, ich wollte wohl zeigen, wie viele Zähne ich hätte.
So habe ich sie dann gegen meinen Laufstuhl gestoßen und ihre Strümpfe mit Laufmaschen versehen.
Leider hatte meine Abschreckungstaktik nicht den gewünschten Erfolg. Ich war der Meinung, daß die Aufgabe, sich um mich zu kümmern, nur ein ganz klein bißchen weniger reizvoll ist als Kebab-Fleischspieße zu bestücken, aber diese Kandidatin und die andere Frau scheinen ganz versessen aufs Kinderhüten zu sein. Ich wußte nicht, daß die Situation auf dem Arbeitsmarkt so angespannt ist.
Ich beschloß, daß ich lieber die Gutaussehende nehmen würde, wenn es auf eine Stichwahl zwischen den beiden hinauslief. Alles ist besser, als mit Frankensteins Großmutter allein gelassen zu werden.
Zum Abschluß der Vorstellungsgespräche schlug meine Mutter immer einen sehr geschäftlichen Ton an: Sie würde die Bewerberinnen über ihre Entscheidung informieren, sobald sie mit ihrem Mann gesprochen hätte.
Sie formulierte es so, als ob sie die Entscheidung mit ihm beratschlagen wollte. Dabei wußte ich genau, daß sie damit nur meinte, daß sie ihn über ihre Entscheidung in Kenntnis setzen wird.
Mir war auch klar, daß sie die junge Gutaussehende nie in seine Nähe lassen würde.
O je. Ich weiß, auf wen die Sache hinausläuft ...

Ja. Es ist die kräftige Sumo-Ringerin. Ich habe gehört, wie meine Mutter ihr per Telefon die gute Nachricht mitteilte.

Anscheinend heißt sie Sheila – obwohl ich wetten könnte, daß sie im Ring unter einem Spitznamen bekannt ist. Wie heißt wohl »Sattelkraftfahrzeug« auf japanisch? Ich werde sie »die Dampfwalze« taufen.

Ich habe all mein Können aufgebracht, um das grausige Schicksal abzuwenden, das auf mich wartet.

Ich hing den ganzen Tag wie eine Klette an ihr und faßte immer wieder an ihren Busen – so, als ob ich gestillt werden wollte. Unter großen Schwierigkeiten ist es mir gelungen, so wenig wie möglich von meinem Essen zu verdrücken. Als die Zeit für meinen Schlummertrunk gekommen war, wurde mein Mund zu einer Saugglocke. Wenn ich die Milchproduktion richtig anrege, kann ich dann vielleicht das Abstillen stoppen ...?

Vierundzwanzigster Tag

Sie ist absolut herzlos. Nachdem sie mich heute abend in mein Bett gelegt hatten, gingen sie nach unten, und ich hörte, wie sie zu ihm sagte: »Er spielt sich nur wegen des Kindermädchens auf; irgendwie hat er mitgekriegt, daß sich ein paar Dinge ändern werden, und jetzt macht er ein Riesentrara.«

»Laß dich dadurch nicht unterkriegen«, tröstete er.

»O nein, bestimmt nicht«, antwortete sie zuversichtlich.

Ich ließ einen Schrei los, als wäre ich gerade von einem herabstürzenden Kirchturm durchbohrt worden. Es funktionierte. In ihrer Stimme schwang leiser Zweifel mit, als sie sagte: »Vielleicht stimmt wirklich etwas nicht ...?«

»Er will nur deine Aufmerksamkeit erregen«, beruhigte er sie. »Er weiß genau, daß er dich mit diesem Geschrei immer rumkriegt.«

»Ja, natürlich. Vielleicht sollte ich doch nach oben gehen und ...«

»Nein, du bleibst unten und genehmigst dir einen Drink. Bald wird's ihm langweilig, und dann hört er schon von selbst auf.«

Sie war sich noch unsicher. »Na ja ...«

Ich ließ noch einen Schrei der Marke Zu-Hilfe-ich-werde-gevierteilt vom Stapel, um ihre Gewissensbisse zu verstärken.

Und wie reagierte dieses Monster von Vater? »Das wird alles besser, wenn du wieder arbeitest, mein Schatz.«

»Warum?« fragte sie.

»Weil du ihn dann, egal wie laut er schreit, nicht mehr hören kannst!«

Und er war tatsächlich so unverschämt, zu lachen. Ehrlich, er ist genauso herzlos wie sie.

Fünfundzwanzigster Tag

Heute Änderung der Taktik. Habe eine Charme-Offensive gestartet. Als sie mich zum Mittagsschlaf ins Bett legte, lächelte ich sie an und gurgelte wie ein Gebirgsbach.

Es funktionierte. »Ist er nicht einfach ein süßer kleiner Kerl!« frohlockte sie. »Du wirst Mama fehlen, wenn Mama wieder arbeiten geht.«

Ich nutzte meinen Vorteil aus und fuhr das schwerste Geschütz aus meinem Waffenarsenal auf – ein neues Wort.
»Mama«, sagte ich. »Mamamamamama.«
Tränen traten ihr in die Augen. Na, habe ich das nicht gut gemacht?

Sechsundzwanzigster Tag

Sie ist ja so gefühllos. Nach dem gestrigen herzerwärmenden Ereignis war sie so unverschämt, die Dampfwalze noch einmal einzuladen, »um das Kind kennenzulernen«.
Wir sahen uns mit demselben Haß in die Augen, den wir schon bei der ersten Begegnung verspürt hatten.
»Und wissen Sie was? Er kann etwas Neues – ein schönes, neues Wort, hm, mein kleiner Schatz?« Sie deutete auf sich. »Na, wer ist das? Wer ist das?«
Also, wenn sie glaubt, ich würde mich nach all dem, was sie mir angetan hat, wie ein dressierter Pudel vorführen lassen, dann hat sie sich geschnitten. Ich drehte meinen Kopf entschlossen zur Seite.

»Na, komm schon«, schmeichelte sie. »Was siehst du denn hier, mein Süßer? Was ist das?«
Würdevoll drehte ich meinen Kopf herum und sah die beiden an. Dann zeigte ich unverkennbar mit dem Finger auf die Dampfwalze und sagte: »Mama«.

Fünfzehnter Monat

Heute früh um zehn Uhr hat sie mich vor der Glotze abgeladen. Sie hat beschlossen, mich fernsehsüchtig zu machen. Ehrlich, so schneidet man sich ins eigene Fleisch.

Auf jeden Fall sollte sie mir nicht so leicht davonkommen. Kaum hatte sie mich einen Moment allein gelassen, drehte ich mich um, schrie und quengelte und spulte mein ganzes Ich-will-Aufmerksamkeit-Programm ab.
Und wissen Sie, wie sie reagierte? Überhaupt nicht. Sie machte die Wohnzimmertür hinter sich zu, kochte sich eine Tasse Kaffee und rief eine Freundin an.

Ich wälzte mich weiter, schrie und quengelte, aber nach fünf Minuten war mir klar, daß sie nicht nachgeben würde, und so hörte ich auf. Ich langweilte mich, weil es nichts anderes zu tun gab, und schaute deshalb ein wenig in die Kiste.

Kinderstunde! Ehrlich! So ein Blödsinn! Heute ist ein Mann aufgetreten, der sich einen zusammengerollten Pappkarton auf den Finger gesteckt hatte. Und das sollte eine Maus sein! Für wie blöd halten die uns eigentlich? Selbst ich habe gemerkt, daß die Sendung sich nur durch ihre extrem billige Produktion auszeichnete. Warum richtige Schauspieler oder gute Filme zeigen, wenn man das Kleinkinder-Publikum mit gerolltem Pappkarton abspeisen kann?

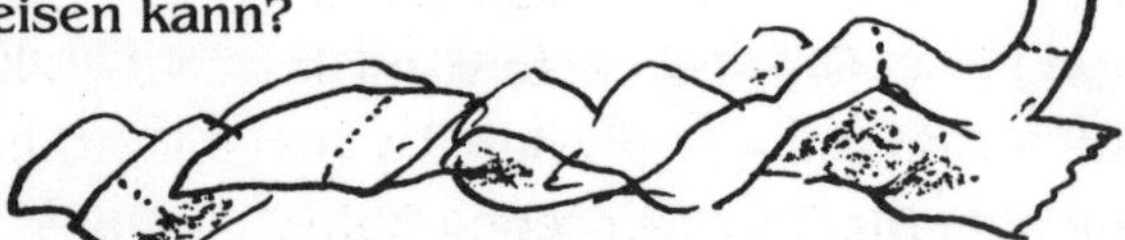

Zumindest brachte mich die Sendung auf eine Idee, was ich mit der Klorolle anfangen konnte. Zuerst mußte ich jedoch das ganze Papier abwickeln. Um es loszuwerden, stopfte ich es ins Klo. Dann steckte ich die Rolle auf meinen Finger und zeigte sie ihr. Ich weiß gar nicht, warum sie sich so aufgeregt hat.

Zweiter Tag

Heute morgen habe ich meine Eltern dabei beobachtet, wie sie Brot in den Toaster gesteckt haben. Sieht einfach aus. Ich glaube, das könnte ich auch.
Nachdem er ins Büro gegangen war, steckte ich eine Scheibe Brot in **meinen** Toaster.

Dritter Tag

Heute abend ging's hoch her. Er hatte ein Video mitgebracht, aber es paßte nicht in den Schlitz des Videorekorders – zumindest so lange nicht, bis er meine Scheibe Brot rausgeholt hatte.
Er war wütend. Ich war auch ziemlich wütend. Es war immer noch eine Scheibe Brot. Mein Toaster funktionierte nicht.

Vierter Tag

Heute nach dem Frühstück hat sie mich wieder vor die Glotze gesetzt.
Diesmal gab es in der Kinderstunde eine lächerliche Geschichte über Dinosaurier, die in blauroten Latzhosen zur Schule gehen. Die wenigen Bilder sahen aus wie Dias, denn es bewegte sich nichts. Ab und an geschah dann plötzlich etwas ganz Tolles – zum Beispiel blinzelte ein Dinosaurier. Das ist ja wirklich zum Davonlaufen! Wollen sie eine ganze Generation von Kindern wirklich in dem Glauben aufwachsen lassen, daß Dinosaurier
a) immer noch diesen Planeten bevölkern?
b) zur Schule gehen?
c) blaurote Latzhosen tragen?

Fünfter Tag

Heute hatte sie es mit dem Klo. Sie murmelte etwas von Vorbereitung und Übung. Eigentlich wollte ich sagen: »Ich glaube nicht, daß man Toiletten irgendwie abrichten kann«, aber ich glaube nicht, daß sie im Augenblick mit dieser Art Humor, noch dazu von mir, etwas anfangen kann.

Siebter Tag

»Ich lese gerade dieses Buch ...« sagte sie heute nach dem Abendessen.
Wenn sie so anfängt, ist das immer ein schlechtes Zeichen. Er tat so, als hätte er nichts gehört, und stellte den Fernseher lauter. Ich tat so, als sei ich ganz vertieft in das Einschlagen dieser grellbunten Plastikstäbe in den kleinen, grellbunten Plastiktisch mit dem kleinen, grellbunten Plastikhammer. Da ich diesem geistlosen »pädagogisch wertvollen« Spielzeug demonstrativ aus dem Weg gegangen war, seitdem ich es bekommen hatte, hegte ich die Hoffnung, daß mein plötzliches Interesse sie ablenken könnte. Ich hatte kein Glück. »Es stehen ein paar interessante

Dinge über die Sauberkeitserziehung drin«, fuhr sie fort.
Er gab sich gleich geschlagen – schaltete brav den Ton des Fernsehers aus und wandte sich ihr zu, als ob er sich auf dieser Welt kein interessanteres Diskussionsthema vorstellen könnte als Sauberkeitserziehung. Ein unglaublicher Heuchler! Er setzte sogar sein Ich-schenke-dir-all-meine-Aufmerksamkeit-Gesicht auf und sagte: »Ach, wirklich, mein Schatz?«
»Es heißt da«, erklärte sie, »daß zwar manche Fachleute meinen, man sollte erst mit dem Training für das Töpfchen beginnen, wenn das Baby zwei ist, aber vielen Kleinkindern kommt eine frühe Förderung später sehr zugute.«
»O«, bemerkte er.
»Da steht auch, daß das Kind mit ungefähr fünfzehn Monaten die Verbindung zwischen den körperlichen Empfindungen und dem Produkt herstellt.«
Er sah sie verdattert an, was ihm nicht schwerfällt, weil ihm dieser Gesichtsausdruck angeboren ist. »Könntest du das noch mal wiederholen?« bat er. »Von welchen körperlichen Empfindungen und welchem Produkt ist denn hier die Rede?«
»Die körperlichen Empfindungen sind Urinieren und Koten, und das Produkt heißt, äm ...« Sie kicherte verlegen. »... Pipi und Aa.«
Pipi und Aa? Was ist denn das? Das klingt ja wie die Namen von Zeichentrickhelden aus der Kinderstunde.

»Tut mir leid ... Ich kann dir immer noch nicht folgen.«
O, manchmal ist er wirklich begriffsstutzig. »Und was hat das mit dem Herstellen von Verbindungen zu tun?«
»Wenn das Kind die Verbindung zwischen den körperlichen Empfindungen und dem Produkt herstellt ...«
»Pipi oder Aa ...?«
»Genau. Also, wenn das passiert, dann wird das Training fürs Töpfchen viel einfacher.«
»O«, sagte er.
Wie auf Befehl drehten sie sich zu mir um und sahen mich an. Ich tat nichts. Ich werde ihnen doch nicht die Genugtuung verschaffen, vor ihren Augen die Verbindung herzustellen. Natürlich weiß ich Bescheid. Von Anfang an habe ich gemerkt, daß all das Ächzen und Drücken zu einem warmen, feuchten Wohlbehagen in den Windeln führt, aber ich werde den Teufel tun und es ihnen verraten, oder?!

Achter Tag

Habe heute morgen wieder ferngesehen. Da war wieder dieser Mann mit der Klopapierrolle auf dem Finger. Und noch immer sah es nicht aus wie eine Maus, aber es war ziemlich lustig. Ich frage mich, was er mit dem Klopapier macht.

Neunter Tag

Unheil droht. Für heute morgen hat sie die Dampfwalze herbestellt. Ich dachte zwar, ich hätte klargestellt, daß die Sache nicht funktioniert, aber sie scheint entschlossen, ihren Plan durchzuführen und mich im Stich zu lassen.

Sie verkündete, sie wolle das Kindermädchen mit meinem Tagesrhythmus vertraut machen. Ich habe natürlich dafür gesorgt, daß mein Tag überhaupt keinen Rhythmus hatte. Ich schlief weder morgens noch mittags, gab all mein Essen wieder von mir und verbrauchte eine ganze Packung Windeln.

Ich habe noch immer die stille Hoffnung, daß die Dampfwalze voller Entsetzen schreiend davonläuft.

Fünfzehnter Tag

Der Dampfwalze ist alles egal.

Bei meiner Mutter ist das ganz anders. Weil sie mich von Geburt an kennt und weil ich ihr Kind bin, weiß ich, wie ich ihr angst machen und wie ich sie ganz nach Wunsch auf die Palme bringen kann.

Wenn sie also sieht, daß ich die Entweder-ich-erstikke-oder-ich-bekomme-hohes-Fieber-Show abziehe, steigt in ihr immer noch Panik hoch, obwohl sie das alles schon hundertmal erlebt hat, und schließlich kommt sie dann doch gerannt, um nach mir zu sehen. Aber die Dampfwalze ... Wenn ich die Show abziehe, läßt sie mich entweder links liegen, oder sie schaut mich an, als wollte sie sagen: »Na, warten wir mal ein bißchen, und dann werden wir schon sehen, ob du am Ersticken bist oder Fieber bekommst.«

Sechzehnter Tag

Heute kam die Dampfwalze wieder, und meine Mutter besaß tatsächlich die Frechheit, einkaufen zu gehen. »Ein paar Kleider für nächste Woche. Die meisten Sachen, die ich vor der Schwangerschaft getragen habe, passen mir nämlich immer noch nicht wieder.«
Die Tatsache, daß ich es zumindest geschafft habe, ihre Figur zu ruinieren, erzeugte bei mir nicht dassel-

be warme Wohlbehagen wie sonst. Meine Gedanken werden von einer schrecklichen Angst überschattet. Was hat es mit dem Geschwätz von »nächster Woche« auf sich? Kann es sein, daß sie wirklich schon so bald wieder arbeiten gehen will?
Ehe sie ging, zeigte sie der Dampfwalze meine Lieblingsspiele und -spielzeuge. »Damit spielt er stundenlang«, zirpte sie freudig.
Habe ich auch nur eins von den Dingern angefaßt, während sie nicht da war? Dreimal dürfen Sie raten!

Siebzehnter Tag

Meine Mutter hat die Dampfwalze heute dazu gebracht, mich zum Supermarkt mitzunehmen. Anfangs war mein Benehmen tadellos: Ich streckte meine

Hände nicht aus, schnappte nichts von den Regalen, aß nichts aus dem Einkaufswagen. Was für ein braver, kleiner Kerl ... bis wir zur Kasse kamen.
Da nahm ich eine Handvoll nach der anderen von den Sachen, die sie für Impulskäufe neben der Kasse stapeln – Schokoladenriegel, Familienzeitschriften, Streichhölzer, Batterien. Ich habe in der mir zur Verfügung stehenden Zeit soviel wie möglich zerrissen, vollgesabbert oder einfach ruiniert.
Das erhöhte die Rechnung um schlappe DM 42,15. Nicht schlecht ...

Achtzehnter Tag

Heute abend hörte ich, wie er sie fragte: »Du machst dir doch keine Sorgen darüber, daß du das Kind zu Hause lassen mußt, oder? Weißt du, wenn du wieder arbeiten gehst ...«
»Lieber Gott, nein«, antwortete sie lebhaft, wobei ich mit Befriedigung eine leichte Verunsicherung in ihrer Stimme wahrnahm.
»Es wird alles gutgehen«, versicherte er ihr.
»Natürlich«, stimmte sie munter zu. »Kinder großzuziehen ist ein ständiger Prozeß der Ablösung voneinander. Eine Trennung kann die Eltern-Kind-Beziehung sogar fördern.«

Ganz offensichtlich hat sie wieder einen von diesen Erziehungsratgebern gelesen.
»Und wird dir das Kind nicht fehlen?« fragte er mit liebevoller Besorgnis.
»Um Himmels willen, nein!« antwortete sie – ein wenig zu schnell für meinen Geschmack. »Am wichtigsten ist doch, daß er und ich Qualitätszeit miteinander verbringen.«
Was zum Teufel ...? Was um alles in der Welt ist Qualitätszeit? Eins ist sicher – was immer es ist, ich werde derjenige sein, der über die Qualität entscheidet, und ich werde derjenige sein, der die Zeit bestimmt.

Neunzehnter Tag

Sie ist einfach unglaublich gerissen. Die letzten paar Wochen hat sie sich angewöhnt, mir abends immer einen Apfel zu schälen und zu vierteln. Nun habe ich eine besondere Vorliebe für gute, knackige Äpfel. Ich mag es, wie sie auseinanderbröseln, wenn man daran saugt, ich genieße es, kleine Stücke auf Schlafanzug und Bettdecke zu schmieren. Aber erst heute habe ich gemerkt, daß ich einer üblen Verschwörung zum Opfer gefallen bin.

Sie hat mir nur Äpfel gegeben, damit ich von meinem üblichen Schlummertrunk abgelenkt werde. Sie rechnete damit, daß ich meinen kleinen Milchsnack von ihr vergessen würde, sobald ich einen Apfel zum Spielen hatte und nicht am Verschmieren des Bettzeugs gehindert wurde.

Was mich am meisten verletzt, ist, daß sie recht hatte. All das ist Teil ihres gnadenlosen Plans, so viel Distanz wie möglich zwischen uns zu bringen.

Ich bin durch eine List abgestillt worden.

Zweiundzwanzigster Tag

Ich bin Waise.

So fühle ich mich jedenfalls. Heute morgen geschah es. Sie ist wieder arbeiten gegangen und hat mich zurückgelassen, verlassen und allein, und nur die Dampfwalze leistete mir Gesellschaft. Ich habe den Morgen damit zugebracht, sehnsuchtsvoll im Haus herumzustreifen. Ich schaute in die Schränke, hinter Möbel und suchte nach meiner verschwundenen Mutter. Es war ein jämmerlicher Anblick.

Den ganzen Nachmittag über schluchzte ich still vor mich hin. Zugegeben, ich mag in der Vergangenheit das eine oder andere gemeine Wort über sie gesagt haben, aber heute fehlte sie mir wirklich – und nicht nur, weil ich niemanden zum Piesacken hatte.

Und wie war es um das Mitleid der Dampfwalze bestellt? »Weinst du?« war alles, was sie sagte. Ich vermute, daß es sich um eine rhetorische Frage handelte.

Als meine Mama fix und fertig nach Hause kam, besaß diese Hexe auch noch die Unverschämtheit, sie anzulügen. »Wie ist es mit ihm gegangen?« fragte meine Mutter, sobald sie zur Tür hereinkam.

»O, gut«, war die Antwort.

»Und ich habe ihm überhaupt nicht gefehlt?« fragte sie besorgt.

»Um Himmels willen, **nein**!«

Sie sind solche Lügner, diese Erwachsenen.
»Und jetzt wollen wir aber ganz lieb sein, mein Schatz, nicht wahr?« sagte sie, nachdem die Dampfwalze gegangen war. »Deine Mama ist sehr müde – unheimlich müde. Ich hatte vergessen, wie anstrengend die Arbeit ist, und ich brauche wirklich eine lange, ruhige Nacht. Du wirst mich doch schlafen lassen, mein Kleiner?«
Es tut mir leid, aber nach dem Tag, den ich heute hinter mir hatte, konnte ich ihr den Gefallen nicht tun. Es ging einfach nicht. Ich schrie und quengelte die ganze Nacht. Sie hat nicht ein einziges Mal länger als zehn Minuten am Stück geschlafen. Schließlich knöpfte sie um halb fünf völlig entnervt ihr Nachthemd auf und schloß mich wie einen Saugnapf an ihre Brust an.
Noch ist nicht viel Milchfluß zu vermelden, aber ich bin sicher, daß ich's mit ein wenig hingebungsvollem Saugen wieder hinkriege.

Vierundzwanzigster Tag

Die Dampfwalze hat es gewagt, mich heute morgen um zehn zum Einkaufen mitzunehmen. Ich habe geschrien und ihr das Leben zur Hölle gemacht und habe es tatsächlich geschafft, eine ganze Schachtel Eier aus dem Einkaufswagen zu werfen. Alle bis auf zwei waren kaputt.

»Ich weiß nicht, warum du dich so aufführst«, sagte sie immer wieder.

Ich fürchte, sie hat die Weisheit nicht gerade mit Löffeln gegessen. Es war doch sonnenklar, warum.

ICH HABE DIE KINDERSTUNDE VERPASST!

Ich wollte wirklich wissen, was mit der zur Maus gewordenen Klopapierrolle geschah.

Es ist zwar schrecklich, so etwas zuzugeben, aber es **interessiert** mich.

Sechsundzwanzigster Tag

Ihre erste Woche im Büro war zu Ende. Die Dampfwalze übergab mich, sobald meine Mutter zur Tür hereinkam, und verschwand mit einem lauten »Dann bis Montag«.

Sie sah mich an. »O Gott, ich bin fertig«, sagte sie. »Heute abend muß ich einfach früh in die Falle. Und du bist heute brav und wirst ganz bald schlafen, ja?«

Einen Augenblick bitte. Sie hat eine Woche Arbeit hinter sich. Und was ist mit der Qualitätszeit, die sie mir versprochen hat?

Siebenundzwanzigster Tag

Samstag. Heute war der Tag für Qualitätszeit angesagt. Sie sah ein wenig menschlicher aus, als sie aufwachte, und ihre ersten Worte waren: »Du bist doch wirklich ein kleiner Glückspilz. Heute wird Mama den ganzen Tag mit dir spielen, jede Minute.«

Und das **mußte** sie, jede Minute; dafür sorgte ich schon. Abends war sie nur noch ein Schatten ihrer selbst und fragte sich entsetzt, was für ein Ungeheuer sie in die Welt gesetzt hatte.

Als sie zum x-tenmal versuchte, mich zum Schlafen

zu bringen, kam ihr plötzlich ein Gedanke, und sie sagte zu ihm: »Glaubst du nicht, daß das Kindermädchen seine schlechten Angewohnheiten noch unterstützt?«

»Es ist normal, daß er sich nach deiner ersten Woche im Büro ein wenig aufspielt«, beruhigte er sie.

»Vielleicht, aber er hat sich noch nie so schlecht benommen wie heute«, sagte sie und bestätigte damit die Einschätzung, die ich von meiner Leistung hatte.

Das ist gut, dachte ich, sehr vielversprechend. Wenn ich ihre Zweifel erhärten kann, daß sie ihr geliebtes Kind in die Hände einer moralisch ungeeigneten Person gibt, dann kann ich vielleicht ihre blödsinnige Entscheidung, wieder arbeiten zu gehen, rückgängig machen.

Ha! Von mir kriegt sie Qualitätszeit.

Sechzehnter Monat

Erster Tag

Teil des Qualitätszeit-Blödsinns, mit dem sie es jetzt ständig hat, ist, daß sie mir jeden Abend eine Gutenachtgeschichte vorliest. Ich bin darauf ziemlich scharf, denn:

1. so bin ich mir ihrer absoluten, ungeteilten Aufmerksamkeit sicher, und
2. Bücher zerreißen sehr schön, wenn man ordentlich an den Seiten zieht.

Zweiter Tag

Ich habe eine Menge Bücher geschenkt bekommen, aber ich habe sie bis auf das Zerreißen von einem oder zweien bisher total links liegen lassen.

Aber jetzt liest sie mir jeden Abend eine Qualitätszeit-Gutenachtgeschichte vor, und ich habe beschlossen, mich mehr dafür zu erwärmen. Eigentlich habe ich beschlossen, eins davon zu meinem Lieblingsbuch zu küren.
Es war nicht schwierig zu entscheiden, welches. Ich habe das ausgewählt, was mir seine Mutter letzte Weihnachten geschenkt hat. Als sie es damals auspackte, sah ich ihrem Gesicht an, daß sie es nicht ausstehen konnte.
Heute abend habe ich auf diesem Buch bestanden. Um ehrlich zu sein, bin ich während des Vorlesens eingeschlafen. Mist! Wie ich es hasse, wenn das passiert.

Vierter Tag

Ich habe heute ein neues Wort gesagt. Als die Dampfwalze zur morgendlichen Übergabe erschien, deutete meine Mutter mit dem Finger auf sie und fragte: »Und wer ist denn da heute gekommen, um dich zu besuchen, mein Schatz?«
Triumphierend brüllte ich mein neues Wort: »Scheusal!«
»O, ist er nicht clever!« gurrte meine Mutter. »Er versucht, ›Sheila‹ zu sagen!«

Nein, versucht er nicht. Er weiß genau, was er sagen möchte.

Fünfter Tag

Habe wieder auf meiner Lieblings-Gutenachtgeschichte bestanden, die ich von seiner Mutter bekommen habe. Sie handelt von einem übermütigen kleinen Widerling in einer roten Jacke mit einem komischen Hut, der rumläuft und den Leuten hilft. Ziemlich abartig, das stimmt, aber das Buch hat all die Elemente, die Eltern mit Sicherheit in den Wahnsinn treiben: zu viele Wörter für die wenigen Bilder, und ich passe auf, daß sie jedes einzelne liest ... immer und immer wieder.

Sechster Tag

Meine Anti-Dampfwalzen-Taktik für heute brachte die Verwendung eines weiteren neuen Wortes mit sich. Es ist eins, an das ich schon eine ganze Weile denke – »will«.

Ich habe den ganzen Tag geschrien, um mich geschlagen und war einfach unausstehlich. »Will Mama«, brüllte ich immer wieder untröstlich. »Will Mama! Will Mama!«

Eigentlich war das eine wichtige Entwicklung meiner Sprachfähigkeit. Zum ersten Mal reihte ich zwei Wörter aneinander und bildete so einen Satz. Ziemlich weit entwickelt.

Viele Kinder können erst im Alter von achtzehn Monaten oder noch später Wörter zusammensetzen.

Aber natürlich nahm die Dampfwalze meine Frühreife überhaupt nicht zur Kenntnis. Ich machte ihr das Leben so zur Hölle, daß sie gar nicht die Zeit dafür hatte. Als sie vom Büro zurückkam, war die Dampfwalze buchstäblich am Ende. Sie warf mich in die Arme meiner Mutter. Noch nie habe ich einen menschlichen Körper gesehen, der sich so schnell bewegt!

»Nehmen Sie ihn«, sagte die Dampfwalze grimmig. »Heute war er ein richtiges kleines Miststück. Wissen Sie ... dieser Job läßt das Besteigen des Mount Everest im Rückwärtsgang wie einen Spaziergang erscheinen.«

Meine Mama war sofort besorgt. »Sie wollen damit doch nicht sagen, daß Sie uns verlassen, nicht wahr?« Einen kurzen Augenblick hoffte ich, aber ... das Glück war nicht auf meiner Seite. Die Dampfwalze fixierte mich mit ihrem unheilvollen Blick, dann antwortete sie: »Auf keinen Fall. Ich kann Ihnen nur eines sagen – ich sehe es als eine **Herausforderung** an, mich um Ihr Kind zu kümmern.«
O je.
Ich habe den ganzen Abend – und ein gut Teil der Nacht dazu – geschrien, um mich geschlagen und benahm mich unausstehlich. »Will Scheusal!« brüllte ich immer wieder untröstlich. »Will Scheusal! Will Scheusal!«

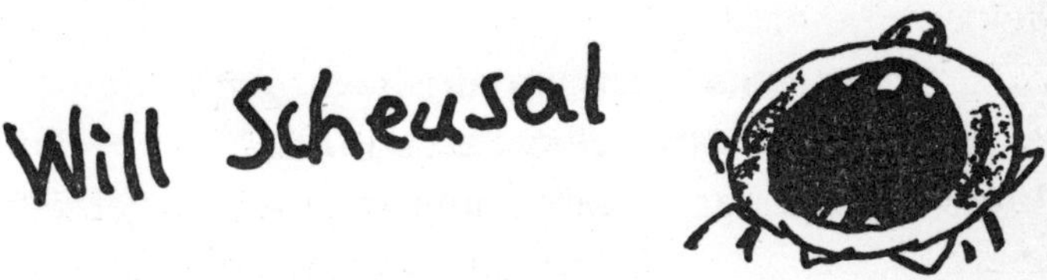

Achter Tag

Heute morgen wurde wieder ein Geschwindigkeitsrekord gebrochen, als sie mich in die Arme der Dampfwalze warf, noch ehe sie überhaupt richtig durch die Tür gekommen war. »Hier ist sie! Hier ist Sheila!«

zischte meine Mutter mit zusammengebissenen Zähnen. »Bist du **jetzt** zufrieden?«
Ich wand mich, krümmte mich und versuchte zu entkommen. »Will Mama!« begann ich untröstlich zu brüllen. »Will Mama! Will Mama!«

Neunter Tag

Heute habe ich nachgegeben und meinen ersten Schritt gemacht. Ich habe mir dazu eigens den Vormittag ausgesucht, damit es nur die Dampfwalze sehen konnte.
Als sie nach Hause kam und die Nachricht über meine Fortschritte hörte, bemerkte ich mit Freude, daß sie ein wenig eingeschnappt, aber gleichzeitig gerührt war.
Ich werde ihr schon zeigen, was sie durch diese so unüberlegte Rückkehr ins Berufsleben verpaßt.

Sonntag. Heute morgen hat er damit begonnen, ein Loch im Garten zu graben. Einen Augenblick lang dachte ich, die Katze sei gestorben, aber meine Hoffnung wurde enttäuscht.

Sie nahm mich mit zum Küchenfenster, um ihm bei der Arbeit zuzusehen, und verkündete: »Es ist für dich, mein Schatz.«
Ich brach in Tränen aus. Wer hätte das unter diesen Umständen nicht getan?! Ich weiß, daß wir die letzten paar Monate einige Mißverständnisse hatten, aber mich lebendig zu begraben, schien mir doch eine extreme Form der Rache zu sein.
Sie drückte mich an sich. »Nicht weinen, du Dummerjan. Dein Papa macht dir einen Sandkasten. Einen Sandkasten für dich, in dem du dann spielen kannst.«
Ich war sofort wieder vergnügt. Ein Sandkasten ist einfach toll. Und ich wußte schon, was ich dort als erstes spielen würde: Wir begraben eine lebendige Katze!

Als er zum Mittagessen hereinkam, war er von oben bis unten voller Dreck, aber mit sich zufrieden. »Ich fühle mich der Natur wirklich verbunden«, verkündete er. »Es geht doch nichts über einen Morgen harter körperlicher Arbeit. Seit Jahren war ich nicht so in Form. Aber das Graben macht durstig. Ich könnte ein Bier vertragen.«

Während des Mittagessens folgten dem einen eine Reihe weiterer Biere, und er erzählte mir ständig, wie toll mein Sandkasten werden würde. »Du kannst Kuchen backen, Burgen, Straßen und Tunnel bauen. Super! Und«, sagte er zu ihr gewandt, »noch dazu ist das pädagogisch wertvoll. Wirklich gut – Sachen bauen, Sachen formen. Damit entwickeln sie ihre praktischen Fähigkeiten, weißt du.«

»Ja, ja, das ist toll«, stimmte sie zu.

Nach dem Mittagessen schien er nicht besonders erpicht darauf zu sein, weiterzugraben. Nach all dem Bier war das ja auch kein Wunder.

Und dann, als sie ihn schließlich davon überzeugt hatte, den Sandkasten fertig zu bauen, versuchte er aufzustehen und brach mit schmerzverzerrtem Gesicht zusammen. »Aah, mein Rücken ist im Eimer«, stöhnte er. »Das Graben.«

Während sie ihm langsam die Treppen zum Schlafzimmer hinaufhalf, beschloß ich, in den Garten zu krabbeln und seine Baugrube zu inspizieren.

Das Loch war einfach toll. Herrlich matschig. Und es waren Würmer drin. Gute, weiche Würmer. Sie sind

ziemlich lecker und klebrig, wenn man auf ihnen herumkaut.

Nachdem ich ein paar Würmer gekaut hatte, war der Matsch an der Reihe. Er war phantastisch – und nicht nur zum Essen geeignet. Man kann ihn zu Klumpen formen, Löcher hineingraben und ihn überall verschmieren – einfach großartig.

Ich hatte mich so ungefähr zwanzig Minuten munter amüsiert, als ich plötzlich ein großes Wehgeschrei hörte. »O nein!« Sie schrie noch, als sie auf mich zugestürzt kam und mich hochriß. »Was in aller Welt glaubst du wohl, was du hier machst?«

Ich bemühte mich nicht, ihre Frage zu beantworten. Es war doch offensichtlich, oder?

Ich backte Kuchen, baute Burgen, Straßen und Tunnel, genau wie er es von mir erwartete. Ich tat etwas pädagogisch Wertvolles. Ich entwickelte meine praktischen Fähigkeiten.

Aber sie sah es überhaupt nicht so. »Wage ja nicht,

das noch einmal zu tun!« schrie sie. »Herrgott, wie widerlich! So ein Dreck! Das ist ja das Allerletzte!« Warum sind Erwachsene nur so inkonsequent?

Zwölfter Tag

Weil er noch Rückenschmerzen hatte, blieb er heute zu Hause. Sie sagte, sie wünschte, er hätte nicht mit dem Sandkasten angefangen. Der Garten sähe aus, als habe eine Bombe eingeschlagen. Wie üblich würde sie sich nun darum kümmern müssen, jemanden zu finden, der wieder einmal eine Arbeit zu Ende brächte, die er verhunzt hatte. Er sagte: »Nur über meine Leiche.«

Fünfzehnter Tag

Er stellt sich unheimlich an – wie immer, wenn er angeblich krank ist. Bevor er heute wieder ins Büro ging, versprach er, den Sandkasten am kommenden Wochenende fertig zu bauen. Sie solle auf keinen Fall jemanden bestellen. Sie versprach, es nicht zu tun.
Eine Minute, nachdem er unter Schmerzen zur Tür hinausgehumpelt war, hatte sie schon den Hörer in der Hand und bestellte jemanden.
Er kam eine halbe Stunde später, und die Dampfwalze ließ ihn herein. Abends war ich dann stolzer Besitzer eines Sandkastens.

Siebzehnter Tag

Samstag. Sie rüstete mich mit Stiefeln und wasserfesten Sachen aus und setzte mich in den Sandkasten. Das machte wirklich Spaß. Den ganzen Morgen habe ich kleine Sandhäufchen zu Kuchen geformt. Und jedesmal, wenn ich wieder einen gemacht hatte, sagte sie: »Ist er nicht clever, mein Schatz! Was für ein schöner kleiner Kuchen!«
Mittags zog sie mich aus und spritzte mich ab.
Dann setzte sie mich in meinen Hochstuhl und stellte

einen großen Teller mit Kartoffelbrei und Soße vor mich hin.
Ich begann, daraus Häufchen zu machen und diese dann zu Kuchen zu formen.
Aber bekam ich dafür Komplimente? Weit gefehlt!
Kein »Ist er nicht clever, mein Schatz! Was für ein schöner kleiner Kuchen!« – o nein! Statt dessen wurde sie dunkelrot im Gesicht und fing an zu zetern, was für ein ungezogenes Kind ich doch sei. Das ist nicht fair.

Sonntag. »Nach dem Mittagessen machen wir etwas ganz Aufregendes«, verkündete sie heute.
Wirklich? Ich fragte mich, was es wohl diesmal sein könnte. Eine Landung der Concorde im Garten? Einer der seltenen Auftritte von Prinzessin Diana in der Öffentlichkeit? Meine Erwartungen waren nicht sehr hoch. Leider hat sie die Angewohnheit, die langweiligsten Sachen als aufregend zu bezeichnen.
Als das Ende des Mittagessens nahte, war ich deshalb ziemlich auf der Hut. Ich kaute ewig auf meinem letzten Bissen herum. Ich schob das Essen auf meinem Teller und dann den Teller auf meinem kleinen Tisch hin und her.
Unbeeindruckt von meiner Hinhaltetaktik hob sie mich plötzlich aus dem Stuhl, wischte mich ab und packte mich mit diesem Einarmgriff, der mich immer total ruhigstellt. Ich schwöre, den hat sie aus einem Lehrbuch für Kampfsportarten.
Dann riß sie mir mit einem Mal Latzhose und Windeln vom Leib. Was ist hier eigentlich los? fragte ich mich. Für jemanden meines Alters ist es äußerst würdelos, von der Taille an abwärts nackt herumgetragen zu werden.
Kurz vor diesem plötzlichen Angriff wollte ich gerade das tun, was ich sehr häufig gleich nach dem Mittagessen tue ... aber das würde ich jetzt ganz bestimmt

nicht tun. Aa ohne eine angenehme, saubere Windel zu machen, in der man es ablegen kann, macht überhaupt keinen Spaß. Man fühlt sich ein wenig wie eine Möwe, die einen menschenleeren Strand überfliegt.
Und so kniff ich alles zusammen und versuchte, an etwas anderes zu denken. Etwas Mechanisches, etwas Mathematisches. O ja! Wie viele verschiedene Arten, die Katze zu ärgern, kannte ich zum Beispiel? Das würde mich ablenken.
Man konnte sie am Schwanz ziehen ..., ihr einen Finger ins Auge piken ..., sich mit beiden Händen in ihr Bauchfell krallen ..., seinen Daumen in ihr –
Mit meiner Konzentration war es aus, als sie nonchalant hinter den Tisch griff und einen Gegenstand schwenkte, der jedes vernünftige Kind in Angst und Schrecken versetzt. Es war ein Topf.

Der Topf, den ihre Mutter ihr kurz vor meinem ersten Geburtstag geschenkt hatte. Da verstand ich, was sie vorhatte. Aber so einfach ließ ich mich nicht einwikkeln. Sowie ich den Topf sah, wackelte ich quer durchs Zimmer (meine Lauferei wird immer besser)

und ließ sofort ein Grunzen hören, das meinem Aa immer vorausgeht. Ich zielte auf den Küchenboden, den sie gerade erst gewischt hatte.
Aber sie kann ja so gerissen sein! Kaum hatte sie mich grunzen hören, drückte sie mich so schnell wie möglich auf den Topf. Da saß ich nun mit gespreizten Beinen, mein Po zwischen das kalte Plastik gequetscht.
Blitzartig sandte mein Großhirn den Befehl, meinen Hintern zusammenzukneifen, und ich versuchte angestrengt, an etwas anderes zu denken, als Aa zu machen. So einfach wollte ich es ihr nicht machen – ein direkter Treffer in den Topf beim ersten Mal war ausgeschlossen.
Marmelade auf den Rücken der Katze schmieren ..., Tesafilm um ihren Schwanz wickeln ..., Holzbauklötze nach ihr werfen ...; Joghurt an die Ränder der Katzentür schmieren ...

»Komm schon, ich weiß, daß du mußt.« Sie gurrte mit verführerischer Stimme. »Du willst doch ein schönes großes Geschäft in den Topf machen.«
»NEIN!« schrie ich. »NEIN!«
Wenn ich geglaubt hatte, daß ihr beim Gebrauch eines relativ neuen Wortes vor Bewunderung die Spukke wegbleiben würde, so wurde ich jetzt herb enttäuscht.
Ja, sagte sie. »Du meinst **ja**.«
Angesichts dieser erschreckenden Mißachtung meiner Grundrechte war ich sprachlos. Warum können die Erwachsenen das nicht verstehen: Wenn ein Kind nein sagt, dann meint es nein.
»Ach, komm«, sagte sie sanft. »Du willst doch ein schönes großes Geschäft in den Topf machen.«
Diese Form der Gehirnwäsche machte mich nur noch entschlossener. Ich machte eine plötzliche Bewegung zur Seite, wand mich aus ihrem festen Griff und schaffte es umzukippen, so daß ich auf dem Boden zu liegen kam.
Unglücklicherweise hatte sich der Topf an meinem Hintern festgesaugt, so daß er klebenblieb.
Ich schrie. Wie kann man von einem Kind erwarten, daß es sich Selbstachtung bewahrt, wenn seine Eltern es ständig in solch würdelose Situationen bringen?
Aber diese Schmach war rasch beendet. Glücklicherweise löste sich der angesaugte Topf von meinem Hintern und fiel mit einem leisen Plop ab.
Der geeignete Moment für ein Aa war gekommen.

Aber das geht eben nicht auf Bestellung. Es dauert eine Weile, bis man die volle Konzentration erreicht, und ich hatte noch nicht einmal ein Vorgrunzen hören lassen, als sie mich wieder hochnahm, den Topf richtig hinstellte und begann, mich darauf zu setzen. Ich kniff alles zusammen, überlegte mir noch mehr Techniken, wie sich die Katze terrorisieren ließ, und nahm Zuflucht zu einer neuen Taktik: Ich strampelte wie wild mit meinen Füßen, als säße ich auf einem unsichtbaren Fahrrad.

Diese Taktik war sehr wirksam, denn sie schaffte es nicht, mich auf den Topf zu setzen. Es dauerte nicht lange, bis eins meiner rudernden Beine das tat, was ich erhofft hatte: Es wirbelte das Ding quer durchs Zimmer.

(P.S. Das muß ich mir für die Zukunft merken. Wie eindrucksvoll muß es wohl sein, wenn man einen **vollen** Topf quer durchs Zimmer wirbelt.)

Es gab keinen Zweifel – ich gewann gerade die Oberhand. Ohne Topf in der richtigen Position konnte sie mich nicht darauf setzen, und so mußte sie wohl oder übel aufgeben. Außerdem spürte sie langsam die körperliche Anstrengung. Es gibt nichts, was dem Rükken einer Mutter wirkungsvoller zusetzt als vornüber gebeugt ein wie wild strampelndes Kind einige Zentimeter über dem Boden zu halten. Mein Timing war perfekt. Ein schnelles Grunzen, und schon war es geschehen: ein exquisiter Haufen, gut plaziert auf dem sauberen Boden. Bevor sie Zeit hatte, mich wegzuschaffen, ruckelte ich dezent noch ein wenig mit dem Hintern hin und her, um alles schön zu verteilen.
Keine Frage – an diesem Tag hatte ich glorreich gewonnen.

Glücklicherweise startet sie keine neuerlichen Versuche, mich in die Nähe des Topfes zu bringen. Der Hauptgrund dafür war, daß sie nicht zur Arbeit gehen konnte, sondern mit Rückenschmerzen ans Bett gefesselt war.

Siebzehnter Monat

Vierter Tag

Heute abend hat er mich erwischt, wie ich gerade versuchte, eine Gabel in eine Steckdose zu stecken. »Nein! Böser Junge! Du bist wohl nicht recht bei Trost!«
Natürlich hatte er vollkommen recht. Ich war nicht recht bei Trost, denn eine normale Gabel paßt nicht in den Stecker. Macht nichts, dann muß ich eben etwas finden, das paßt.

Fünfter Tag

Versuchte, einen Kugelschreiber aus Metall in die Steckdose zu rammen (ihren Lieblings-Parker übrigens). Auch der paßte nicht. Keine Angst, ich werde es weiter versuchen.

Sechster Tag

Als ich heute morgen in der Küche herumlungerte, zog mich die Katzentür wie magisch an. Sie hat gerade die richtige Höhe für mich und klappert so schön, wenn man sie aufmacht und dann losläßt.
Aber dann geriet ich in Schwierigkeiten. Nachdem ich sie ein paarmal aufgerissen und zugeschmissen hatte, beschloß ich auszuprobieren, ob mein Kopf hindurchpaßte.

Die gute Nachricht: Er paßte. Die schlechte Nachricht: Die Klappe rutschte nach unten, und ich steckte fest. Jetzt weiß ich, wie man sich unter der Guillotine fühlt.

Mein Kopf war im Garten, der Rest von mir in der Küche. Was das Ganze noch schlimmer machte, war, daß die Katze, die gerade durch ihre Tür hereinspazieren wollte, mich mit Scharfblick als ein wehrloses Ziel identifizierte. Ich schrie und brüllte, als sie näherkam und ihre Krallen wetzte. Die Dampfwalze kam im letzten Augenblick und rettete mich. Ich hätte nie gedacht, daß ich mich so freuen würde, sie zu sehen.

Siebter Tag

Habe versucht, einen Zahnstocher aus Holz in die Steckdose zu stopfen.
Die gute Nachricht: Er paßte.
Die schlechte Nachricht: Es passierte nichts.
Ich werde es weiter versuchen.

Achter Tag

Ich bin immer noch fasziniert von der Katzentür. Als ich heute morgen damit spielte, geschah wieder etwas äußerst Unangenehmes. Ich wollte ausprobieren,wie weit ich meinen Kopf hineinstecken kann, ohne daß er steckenbleibt. Als ich mich auf die Katzentür zubewegte, kam plötzlich die Katze auf der Flucht vor dem schwarzen Nachbarkater mit einem ihrer Kamikazesprünge durch die Tür gestürzt.
Die Ecke der Tür erwischte mich am Kinn, ich fiel hintenüber, und die Katze landete auf meinem Oberkörper.
Und dieses ekelhafte Tier besaß doch tatsächlich die Unverschämtheit, mich anzugrinsen. Mein ist die Rache!

Neunter Tag

Ich mußte nicht lange warten, um mich an ihr zu rächen. Es war sogar einfach. Ich mußte nur den Moment abpassen, in dem sie aus dem Haus verschwand. Dann schob ich eine Familienpackung Waschpulver vor die Katzentür und wartete.
Es ist ungeheuer befriedigend, das Geräusch einer

von einem Kater verfolgten Katze zu hören, die mit einer Geschwindigkeit von vierzig Stundenkilometern mit dem Kopf voran gegen eine geschlossene Katzentür rennt.

Zehnter Tag

Heute abend brachte er ein Video mit. »Die Hand an der Wiege.« Ich fand es interessant, und ungefähr eine Stunde, nachdem sie mich ins Bett gelegt hatten, tat ich so, als bekäme ich Zähne, und zitierte sie so nach oben in mein Zimmer.

Da sie fix und fertig waren, wollten sie nicht bei mir bleiben, bis ich wieder einschlief, sondern nahmen mich mit ins Wohnzimmer. Hier war ich also, mit meinen Eltern, die glücklicherweise zu erschöpft waren, um mich wieder nach oben zu tragen – auch als ich aufgehört hatte zu weinen. Das bedeutete, daß ich den größten Teil von »Die Hand an der Wiege« zu sehen bekam. Sehr interessant.

Elfter Tag

Heute morgen hatte ich einen bösen Unfall. Ich sauste durchs Zimmer und versuchte, die Katze zu pakken (ich wollte herausfinden, was passiert, wenn man ihren Schwanz in die Steckdose steckt), als ich direkt in die Kante des Eßtischs lief. Warum sie Tische machen, die genau die Höhe einer normalen Kinderschläfe haben, werde ich nie verstehen. Über meiner rechten Augenbraue erschien sofort eine Beule, so groß wie ein Ei. Es versteht sich von selbst, daß ich mir die Seele aus dem Leib schrie. Ich wurde durch eine der üblichen flüchtigen Liebkosungen der Dampfwalze belohnt. Dazu sagte sie: »Was bist du denn für ein Dummerchen?«, was ich überhaupt nicht als hilfreich empfand. Wenn meine Mutter hiergewesen wäre, als ich gegen den Tisch krachte, hätte sie mich in die Notaufnahme gezerrt, ehe man das Wort Röntgen auch nur aussprechen kann. Ich hätte eine unerträglich rührselige Nacht in der Kinderabteilung verbracht, und meine Eltern hätten, beladen mit Schuldgefühlen, an meinem Bett Wache gehalten.

Als sie vom Büro zurückkam, sah ich aus, als hätte ich fünfzehn Runden mit Mike Tyson hinter mir, aber sie schien nicht sonderlich besorgt. Vielleicht hatte die Tatsache, daß ich schon mindestens fünf Stunden seit dem Unfall fröhlich vor mich hingespielt hatte, ihre instinktive Angst gemindert.

»Was ist passiert?« fragte sie.

»Och«, antwortete die Dampfwalze nonchalant. »Er hat die Katze gejagt und ist dabei in die Ecke vom Eßtisch gelaufen.«

»Ach so«, gab sie zurück, offensichtlich mit der Antwort zufrieden.

Aber da blitzte etwas in ihren Augen auf, das sich als sehr vielversprechend herausstellen könnte. Es war ein vorübergehender Zweifel, fast ein Verdacht, den ich vermutlich irgendwann ausnutzen kann.

Ein gutes Video, dieses »Hand an der Wiege«.

Vierzehnter Tag

Heute morgen bin ich absichtlich in die Ecke seines Schreibtischs gelaufen und habe mir so eine nette Schramme auf meiner linken Schläfe geholt.

Den ganzen Tag über habe ich den vorwurfsvollen Blick geplant, mit dem ich die Dampfwalze bedenken werde, sobald meine Mutter nach der Herkunft meiner Schramme fragt. Ich werde die angeborene Neurose meiner Mutter ausnutzen. Sie wird sich fragen, welchem Ungeheuer sie ihren herzallerliebsten Nachwuchs anvertraut hat. Ich schätze, daß die Dampfwalze innerhalb einer Woche in hohem Bogen rausfliegen wird.

Dann wird meine Mutter wohl mit diesem Büroblödsinn aufhören und das tun, was sie tun sollte – jede wache Minute damit verbringen, jeder auch noch so kleinen Laune von mir nachzugeben.

Es begann alles nach Plan. Als sie nach Hause kam, nahm sie mich in die Arme und bemerkte sofort die neue Verletzung. »O mein Gott, du hast wohl eine Schlacht hinter dir«, sagte sie. Dann fragte sie die Dampfwalze, was geschehen sei.

»Er hat sich nur am Schreibtisch Ihres Alten gestoßen«, antwortete das Mädchen leichthin.

Eigentlich verdiente mein Blick einen Oscar – nein, wirklich. Er war absolut brillant – voller Vorwürfe, Zweifel, Schmerz und, ja, reiner, nackter Angst.

Aber es war unglaublich ... Sie schaute noch nicht einmal hin, als ich meinen Blick abschoß. Sie setzte mich einfach wieder auf den Boden und sagte munter: »Ach, mein Schatz, du wirst schon lernen, vorsichtiger zu sein.« Dann besaß sie die Unverschämtheit, hinzuzufügen: »Nicht wahr, mein kleiner Dussel?«
Und dann verkündete sie, daß sie fast umkäme vor Durst, und holte sich in der Küche etwas zu trinken.
Was ist hier los? Habe ich sie etwa nicht mehr im Griff?

Sechzehnter Tag

Sonntag. Heute habe ich etwas gefunden, was sich perfekt für die Steckdose eignet. Gestern gab es zum Abendessen Kebab, und die Metallspieße lagen noch auf dem Ablaufbrett. Als die beiden im Garten waren (sie versuchten, die Katze zu fangen, um ihr ein Flohhalsband anzulegen), watschelte ich in die Küche, schaffte es, einen Stuhl an die Spüle zu bugsieren, draufzusteigen und einen der Spieße herunterzunehmen.
Dann bin ich schnell ins Wohnzimmer getrippelt, geradewegs zu meiner Lieblingssteckdose.
Katastrophe! Sie hatten doch tatsächlich eine Kindersicherung eingebaut. Und nicht nur bei dieser Steck-

dose: Ich fand im Laufe des Tages heraus, daß sie alle Steckdosen im Haus damit unbrauchbar gemacht hatten.
Ha! Es scheint so, als gäbe es nur einen Grund, warum Eltern in die Welt gesetzt worden sind: Sie müssen dafür sorgen, daß ihre Kinder sich überhaupt nie amüsieren.

Zweiundzwanzigster Tag

Es gibt hier im Haus eine Art Hochwassermarke, und die wird immer höher. Bevor meine Eltern mich bekamen (eigentlich undenkbar, das stimmt – worum hat sich damals wohl alles gedreht? frage ich mich), standen alle möglichen Sachen auf dem Boden herum. Es gab Blumentöpfe, Bücher, den CD-Player und eine ganze Menge anderes Zeug – ich erinnere mich, es gesehen zu haben, als ich noch ganz winzig war. Dann, als ich zu krabbeln begann – und nach ein paar zerdepperten Blumentöpfen, zerrissenen Büchern und einem mit Babyöl übergossenen CD-Player – wanderte all ihre Habe ein Stück weiter nach oben. Damit war sie für ein Kind unerreichbar, das sich noch mit einer Hand auf dem Boden abstützen muß, wenn es nach oben langt.

Sobald ich mich jedoch an Dingen hochziehen konnte, wurde mein Aktionsradius wieder größer: Vasen fielen von Tischen, Nippes von Regalen, Gläser aus Schränken. Und ich entdeckte jenes unbezahlbare physikalische Gesetz, das jeder kennt: Wenn man sich nur mit dem ganzen Gewicht an ein Tischtuch hängt, fällt alles runter, was auf dem Tisch steht, und zerspringt in tausend Stücke.

Also wanderte die Hochwassermarke für den zerbrechlichen Besitz meiner Eltern noch höher.
Jetzt, da ich laufen kann – na ja, okay: torkeln und stolpern –, hat sich mein Verwüstungsradius erneut vergrößert. Zum Glück haben sie das, zumindest bis jetzt, noch nicht gemerkt.
Ich werde nichts überstürzen. Meine nächste Zerstörungsorgie kann warten. Aber ich habe etwas **ganz** Besonderes vor.

Vierundzwanzigster Tag

Sie hat da diese Porzellankatzen-Sammlung im Wohnzimmer stehen, auf die ich schon seit Ewigkeiten ein Auge geworfen habe. Offensichtlich hat sie ihre erste Katze bekommen, als sie ungefähr fünf war, und seitdem haben die Leute, die zuwenig Phantasie hatten, sich etwas anderes auszudenken, ihr zum Geburtstag, zu Weihnachten etc. immer wieder Porzellankatzen geschenkt. Jetzt sind es wohl über zwanzig.
Die Katzen sind nicht mit allen anderen Dingen nach oben gewandert. Nein, sie standen schon immer sehr hoch im Kurs und haben einen Ehrenplatz auf einem Extraregal, das bisher unerreichbar für mich war. Aber jetzt kann ich laufen ...

Sechsundzwanzigster Tag

Heute morgen, als die Dampfwalze den Wäschetrockner verfluchte (ich frage mich, ob die Zange, die ich habe reinfallen lassen, etwas damit zu tun hat, daß er klemmt), habe ich ausgemessen, ob ich an das Regal mit der Porzellankatzen-Sammlung herankomme. Ja, auf Zehenspitzen schaffe ich es ganz leicht.

Aber nur nichts überstürzen. Ich bin entschlossen, den wirkungsvollsten Augenblick abzuwarten. Und das bedeutet, daß sie hier sein muß. Und er auch. Ich werde so etwas doch nicht an jemanden wie die Dampfwalze verschwenden.

Sonntag. Der Augenblick war gekommen. Und, was das beste war, sie hatte Geburtstag.
Das bedeutet, daß sie ein eher schwieriges Unterfangen in Angriff genommen haben. Beide Großeltern sind **zur selben Zeit** zu uns eingeladen. Die Erfahrung hat gezeigt, daß dies unweigerlich ein gesellschaftliches Ereignis wird, das die Trinkgelage von Dschingis-Khan ziemlich zivilisiert erscheinen läßt, aber haben sie etwa daraus gelernt?
Normalerweise rechnen sie damit, daß sie dieser unangenehmen Zusammenkunft ein wenig von ihrer Brisanz nehmen können, wenn sie mich einen meiner neuen Tricks vorzeigen lassen. Heute führte sie das Schauspiel vor, wie ich ohne ein Brett vor meinem Bauch im Hochstuhl sitzen kann. Ich hatte also wie alle anderen meine Schüssel mit Essen vor mir auf dem Tisch stehen.
Dieses Experiment war kein durchschlagender Erfolg, weil ich entweder nach unten durchrutschte oder nach vorne in mein Essen sank.
Das hatte jedoch, aus meiner Sicht zumindest, den Vorteil, daß ich bei diesem neuen Stuhl runterrutschen konnte, wann ich wollte – anders als beim alten Hochstuhl, dessen Konstruktion ganz klar dem beliebten mittelalterlichen Folterinstrument, dem Zwangseisen, nachempfunden war.

Das Essen nahm seinen Lauf, sie tranken immer mehr, und so nahmen sie unweigerlich immer weniger Notiz von mir. Als sie – umnebelt – das Kaffeestadium erreicht hatten, bemerkte niemand, wie ich von meinem Stuhl heruntenglitt und ins Wohnzimmer wankte.

Meine Vorbereitungen zahlten sich aus. Ich war schnell und verheerend wie ein Tornado.

Ich zog mich mit einer Hand nach oben, und mit der anderen fegte ich die ganze Reihe Porzellankatzen vom Regal. Ihre Landung auf dem Boden wurde durch ein herrliches Klirren musikalisch untermalt.

Wie vorauszusehen, kamen die Erwachsenen daraufhin aus dem Eßzimmer gerannt.

Meine Mutter brach sofort in Tränen aus und jammerte, ich hätte ihren wertvollsten Besitz zerstört.

Seine Mutter sagte daraufhin, daß es doch nur ein paar Gipskatzen gewesen seien, deretwegen man nicht einen solchen Aufstand machen sollte. Da schritt ihre Mutter ein und stellte richtig, daß es **Porzellan-** und nicht Gipskatzen seien. Und daß seine Mutter den Unterschied nicht kenne, sei wieder einmal der Beweis dafür, daß weder sie noch der Rest der Familie auch nur einen Funken Geschmack und Kultiviertheit besäßen.

Damit hatte sie die Lunte in Brand gesetzt, und die alten Familienstreitigkeiten brachen mit voller Wucht hervor. Der Nachmittag endete damit, daß beide Großeltern wutentbrannt davonstürmten und meine

Eltern den Rest des Tages – und wahrscheinlich bis tief in die Nacht – bis aufs Messer miteinander stritten.
Ich muß schon sagen: Wenn ich einen bestimmten Eindruck hinterlassen möchte, dann schaff ich's auch!

Achtzehnter Monat

Siebter Tag

Heute abend fing sie wieder an, ihm von dieser Mutter-Kind-Gruppe zu erzählen. Ein Ablenkungsmanöver war ganz klar erforderlich, und deshalb zog ich die große Grunz-und-Stöhn-Show ab, woraufhin meine Windeln gut gefüllt waren.

»Du machst Aa«, sagte sie aufgeregt, sobald ich anfing. Dann sah sie mich sehr ernst an und intonierte wieder: »Du machst Aa. Du machst Aa.«

Zuerst dachte ich, daß sie mich vielleicht zu hypnotisieren versuchte, aber dann begriff ich, daß dies nur Teil des großen Feldzugs war, den sie führte, um mir die Verbindung zwischen »den körperlichen Empfindungen und dem Produkt« klarzumachen.

Um ihrer Absicht Nachdruck zu verleihen, verkündete sie: »**Du** machst Aa.«

Sie wiederholte diesen Satz immer noch, als sie mich nach oben trug und die Windeln wechselte. »Du hast Aa gemacht. Cleveres Kerlchen. **Du** hast Aa gemacht. **Du** hast Aa gemacht.«

Als ich wieder blitzsauber und angezogen war, nahm sie mich hoch und betrachtete mich zärtlich. »Ver-

stehst du das jetzt?« fragte sie. »**Wer** hat Aa gemacht?«
Ich grinste durchtrieben und zeigte mit dem Finger auf die Katze.

Neunter Tag

Die Dampfwalze hat mich heute zu einem anderen Kind mitgenommen. Es war kleiner als ich – ganz winzig sogar – und konnte kaum krabbeln. Seine Mutter brachte mir Fingerfarben zum Spielen. Dann gingen sie und die Dampfwalze in die Küche, um eine Tasse Kaffee zu trinken.
Ein über und über mit Fingerfarbe bemaltes Baby ist schon eine feine Sache!

»Ich bleibe noch bei ihm, bis er eingeschlafen ist«, sagte sie zu ihm, als sie mich heute vom Sofa hochnahm und nach oben trug. Ich mag diesen Ausdruck »einschlafen« nicht, den sie immer dann benutzen, wenn ich ins Bett gehen soll. Ich habe ihn nämlich auch in einem anderen Zusammenhang gehört. Sie haben schon öfter darüber diskutiert, was mit der Katze geschehen soll, wenn sie weiter überall hinmacht. Sie wollen sie zum »Einschläfern« zum Tierarzt bringen.

Ich glaube, daß ich zu Recht paranoid bin, was diesen Ausdruck angeht – besonders wenn Inkontinenz einer der Gründe ist, ihn zur Anwendung zu bringen.

Trotzdem hat sie heute an meinem Bett gewartet, bis ich eingeschlafen bin. Kurz vorher wurde mir plötzlich bewußt, daß sie mich damit auch »wegschaffen«. Mein Bett ist ein Gefängnis! Meine Eltern legen mich jede Nacht hinein – wieviel Überredung es sie auch immer kosten mag –, dann klappen sie die Seite mit den Gitterstäben hoch und gehen davon aus, daß ich bis zum nächsten Morgen wohlverwahrt bin.

Ich kann rufen und schreien und an den Gitterstäben rütteln. Irgendwann kommen sie dann vielleicht, um mich zu beruhigen, aber soweit es sie betrifft, bin ich aufgeräumt und außer Gefecht gesetzt, wenn ich einmal drin bin. Und bis jetzt habe ich mitgespielt. Ich habe es als faire Abmachung gesehen und meinen Teil beigesteuert. Noch nie habe ich die nächtliche Freiheit außerhalb der Gitterstäbe meines Betts erlebt.

Hm. Ich bin zu müde, um heute nacht etwas dagegen zu unternehmen, aber ein neuer Fluchtplan entsteht in meinem winzigen Gehirn.

Zwölfter Tag

Ich bin, was Flucht angeht, keineswegs unerfahren. Wer das Glück hat, »Wie ich meinen Eltern den letzten Nerv raubte« gelesen zu haben, wird sich an den heldenhaften Ausbruch aus meinem Laufstall im elften Monat erinnern. Bei dieser Gelegenheit gelang es mir, durch die Gitterstäbe zu entkommen. Die Konstruktion meines Betts ist jedoch zu solide – diese Möglichkeit scheidet also aus. Außerdem ist der Boden bei meinem Bett wesentlich höher als bei meinem Laufstall. Dieser Ausbruch stellt mich also vor neue Schwierigkeiten.

Auf der anderen Seite komme ich jetzt viel leichter voran, und ich hege keinen Zweifel, daß ich irgendwie ausbrechen kann. Heute abend habe ich alles ausgekundschaftet.

Mich an den Gitterstäben nach oben zu ziehen ist kein Problem. Aber wenn ich dann stehe, reicht mir der Bettrand immer noch bis zur Brust. Es ist also ganz klar, daß ich aus dieser Stellung nur weiterkomme, wenn ich mich mit meinen Armen nach oben ziehe, so als ob ich Klimmzüge im Fitneßstudio machte. Sobald ich mein Gewicht über den Rand verlagere, könnte ich mich mit einem Salto geschickt in die Freiheit katapultieren.

So sah zumindest die Theorie aus. Mein abendlicher Testlauf hat mir gezeigt, daß es in der Praxis sehr viel schwieriger werden wird.

Mein Problem ist, daß meine Arme einfach nicht stark genug sind. Das Laufen hat meine Beinmuskeln entwickelt, aber ich habe nicht viel Kraft im Oberkörper. Macht nichts. Rom wurde auch nicht an einem Tag erbaut. Ich werde nicht aufgeben.

Dreizehnter Tag

Ich habe den Tag damit verbracht, meinen Oberarmbizeps zu trainieren. Ich habe mich an allem hochgezogen, was ich zu fassen kriegte, und blieb so lange hängen, wie es meine Arme zuließen.
Als sie mich heute abend ins Bett legte, probierte ich noch ein paar Klimmzüge, aber meine Arme taten mir zu weh, und schließlich begann ich zu weinen.
Sie kam, um mich zu trösten, aber nicht mit der spontanen Wärme und Zuneigung, die ich mir erhofft hatte.
»Ich weiß, daß du nur testen willst, wie weit du mit mir gehen kannst«, sagte sie. »Du kannst schon ganz gut alleine einschlafen – ohne diesen Aufstand. Weißt du, ich lasse dich einfach allein, wenn du dich abends so aufführst. Ich sehe nicht ein, warum ich immer auf Abruf zur Verfügung stehen soll.«
Und das von einer Frau, die ihren Sprößling die letzten drei Monate völlig gleichgültig, ohne auch nur einen Blick zurückzuwerfen, im Stich gelassen hat – unter dem albernen Vorwand, wieder arbeiten gehen zu wollen. Sie ist wirklich unglaublich herzlos!

Was bin ich doch für ein zäher Bursche! Trotz der Schmerzen habe ich den ganzen Tag beharrlich meine Oberkörpermuskeln trainiert und wurde durch einen kleinen, aber eindeutigen Erfolg belohnt, als ich heute abend einen Klimmzug an meinem Gitter probierte.

Der Triumph wurde nur dadurch geschmälert, daß ich den Halt verlor und mit Riesenkaracho gegen die hinteren Gitterstäbe fiel. Der Schmerz gab berechtigte Veranlassung zu heulen, aber alles, was ich an Mitgefühl von ihr zu hören bekam, waren Anschuldigungen, ich würde mich fürchterlich aufführen, und Drohungen, daß sie mich wirklich allein lassen würde und ich dann »in meinem eigenen Saft schmoren« könnte.

Ich konzentrierte mich darauf, meine Windeln mit einem extrem übelriechenden Saft zu füllen, in dem ich die ganze Nacht über schmorte.

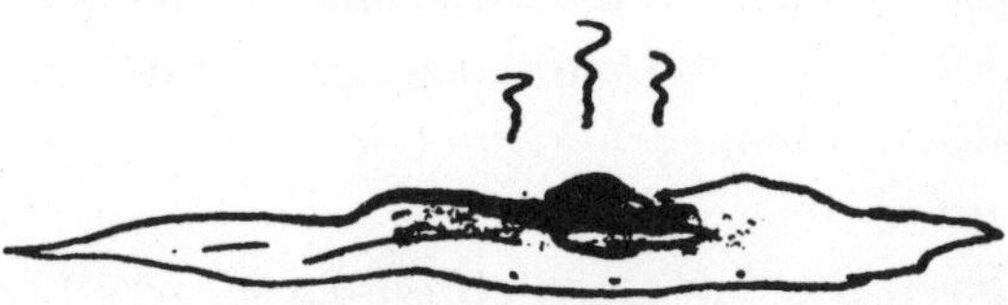

Ich war so blöd! Die ganze Zeit habe ich versucht, mich an der Längsseite meines Betts (die man hoch- und runterschieben kann) hochzuziehen, und erst heute abend habe ich gemerkt, daß es einen weiteren Fluchtweg gibt.

Auf der Stirnseite meines Betts, ungefähr in halber Höhe, haben sie etwas festgemacht, was lächerlicherweise als »Activity Center« bezeichnet wird.

Es ist ein Plastikbrett, auf dem viele bunte Wählscheiben, Klingeln, Schalter etc. befestigt sind. Die Idee des Ganzen ist, daß das Baby glucksend im Bett sitzt und stundenlang freudestrahlend mit Wählscheiben wählt, mit Klingeln klingelt, mit den Glöckchen bimmelt, mit den Schaltern schaltet etc.

Nun ja, als ich das Ding bekam, habe ich es ausprobiert. Ich habe mit der Wählscheibe gewählt, mit der Klingel geklingelt, mit dem Glöckchen gebimmelt, mit dem Schalter geschaltet etc.

Aber ehrlich gesagt, hat man genug, wenn man es einmal gemacht hat. Ich habe das Ding schnell als nutzlos abgeschrieben.

Bis heute.

Heute entdeckte ich plötzlich seinen Nutzen. Es konnte als Stufe dienen. Wenn ich mich am Bettrand festhielt, mit einem Fuß auf das »Activity Center« stieg, konnte ich mit nur wenig Anstrengung meinen Körper

nach oben hieven und mich über den Rand katapultieren – in die Freiheit!
Mein erster Versuch heute abend war nicht sehr erfolgreich. Als ich gerade mit einem Bein auf dem »Activity Center« stand und das andere im leeren Raum baumelte, verlor ich das Gleichgewicht und knallte aufs Gesicht.
Natürlich brachte mich das zum Heulen. Und eine wütende Mutter auf den Plan.
Unglücklicherweise hatte meine schmerzhafte Bruchlandung keine sichtbaren Spuren hinterlassen, und so bekam ich wieder einmal Anschuldigungen zu hören wie: ich »führte mich unmöglich auf« und versuchte »sie zu foppen«.
Sie steckte mich unter die Decke – wie ich meine, übertrieben energisch. »Und wenn du das nächste Mal abends schreist«, verkündete sie zum Abschied, »lasse ich dich einfach heulen. Denk also dran: Wenn du morgen abend schreist, dann kommt bis zum Aufstehen niemand zu dir.«

Ich habe das alles über mich ergehen lassen. Ich fühlte mich ziemlich gut, denn der heutige Ausbruchsversuch war zwar nicht von Erfolg gekrönt gewesen, aber ich hatte zumindest bewiesen, daß es prinzipiell funktionierte.
Morgen ist auch noch ein Tag.

Vierundzwanzigster Tag

Habe mir heute nicht die Mühe gemacht zu trainieren. Meine neue Fluchtmethode erfordert nicht so viel körperliche Kraft wie die alte. Es ist mehr eine Frage des Gleichgewichts und der Koordination.
Bei der Dampfwalze habe ich mich gut benommen und habe nicht einmal meine Mutter genervt, als sie von der Arbeit kam. Er sei auf Geschäftsreise, erklärte sie mir, als sie mich zum Schlafen fertig machte.
»Papa ist nicht da, also bringt dich Heulen nicht weiter. Er hat ein weiches Herz, und **ihn** kannst du um den Finger wickeln. Bei **mir** funktioniert das nicht. Wenn du heute nacht schreist, weiß ich, daß du dich nur aufspielst, und ich werde dich bis morgen früh schreien lassen. Es ist die einzige Möglichkeit, diesen Teufelskreis unsozialen Benehmens zu durchbrechen.« Ha! Sie hat schon wieder einen ihrer Erziehungsratgeber gelesen. Ich merke das immer.

Es war wahrscheinlich dasselbe Buch, aus dem sie die andere Neuerung des Abends hatte – ein Nachtlicht. Es bestand aus einem kleinen Teelicht, das in einem häßlichen Keramikpilz brannte. Als sie dieses Ding feierlich angezündet hatte, stellte sie es auf einen Tisch, ein ganzes Stück vom Bett entfernt.

Dann gab sie mir mit einem Ausdruck großer Schadenfreude einen Kuß und sagte: »Na, dann also gute Nacht. Bis morgen früh«, verließ das Zimmer ... UND SCHLOSS DIE TÜR HINTER SICH.
All das hatte sie geplant. Ich fühlte mich verraten und gab meiner Wut über ihre niederträchtige Täuschung lauthals Ausdruck.
Bedauerlicherweise gab es keine Reaktion auf mein Geschrei, und so war ich nach einer Weile still. Zweifellos gratulierte sie sich unten zu ihrem Erfolg.
Durch das Nachtlicht war es so hell, als hätte sie die Tür einen Spalt offengelassen. Ich konnte daher genug sehen, um meinen Plan in die Tat umzusetzen.

Ich zog mich hoch, umfaßte den Bettrand und hüpfte als Aufwärmübung ein paarmal auf der Matratze auf und nieder. Dann streckte ich mein linkes Bein nach oben, bis es festen Halt auf dem »Activity Center« fand.

Ich blieb cool, ging mein Manöver ruhig an und zog mich hoch. Mein rechtes Bein baumelte zwar einen Augenblick lang gefährlich in der Luft, aber dann folgte ich dem Plan, den ich tagsüber ausgearbeitet hatte, und schwenkte es wieder zurück zu seinem Kameraden.

Dann mußte ich mich nur noch nach vorne abdrükken. Mein Schlafanzug glitt über den Bettrand, und bald fühlte ich, wie mein Nabel dagegendrückte. Ich behielt mein Gleichgewicht, ja, fast konnte ich hin- und herschaukeln.

Ich holte mit beiden Beinen ordentlich Schwung und ließ gleichzeitig meine Hände los. Ich flog durch die Luft. Da wußte ich, was mit »Geschmack von Freiheit und Abenteuer« gemeint ist.

Gleich darauf wußte ich auch, wie es schmeckt, wenn man aus großer Höhe mit dem Gesicht zuerst auf

dem Boden landet. Es tat wirklich weh. Diesmal war mein Geschrei absolut echt.
Aber es kam keine Reaktion. Ich schrie, heulte, zog die ganze Wutanfall-Show ab. Nichts. Sie blieb ihren Prinzipien treu.
Der Schmerz ließ nach. Ich krabbelte über den Boden, fand einen Stapel Handtücher und rollte mich darauf zusammen. Als ich mein Gesicht in das weiche Frottee drückte, fühlte ich, wie sich auf meiner Stirn eine ansehnliche Beule formte. Ich döste. Ein wenig später versetzten mich ihre Schritte in Alarmbereitschaft. Sie kam die Treppe hoch, blieb aber dann vor meiner Tür stehen.
Ganz schnell beschloß ich, daß es mir eher in den Kram paßte, wenn sie nicht hereinkam. Ich atmete lauter, gleichmäßiger und ruhiger und wurde prompt durch die Stimme hinter der Tür belohnt. »So ein braver Junge. Siehst du, ich habe dir gesagt, daß du mich nicht herumkriegen kannst.«
Ich schlief wieder ein.

Fünfundzwanzigster Tag

Ich habe sehr gut geschlafen und bin vor ihr aufgewacht. Einen Moment lang lag ich da und mußte mir erst klarwerden, wo ich mich befand und wie ich dorthin gekommen war. Meine Verletzung tat überhaupt nicht weh, obwohl ich fühlen konnte, daß aus der Beule auf meiner Stirn ein Ei geworden war.

Dann hatte ich einen Geistesblitz, was die Weiterentwicklung meines Plans anbetraf. Ich lief quer durchs Zimmer und fegte den gräßlichen Keramikpilz vom Tisch. Er zerbarst mit einem zufriedenstellenden Klirren, die tropfende Kerze ging dabei aus.
Ich kehrte nicht zu meinem komfortablen Handtuchnest zurück, sondern drapierte statt dessen meinen Körper so verdreht wie möglich mitten im Zimmer auf dem Boden.

Durch die Wand hörte ich, wie sich ihr Radiowecker einschaltete, und sofort ließ ich mein Weinen hören. Nicht das Heulen in voller Lautstärke, das man beim Aufwachen von sich gibt, sondern das von Erschöpfung gezeichnete schwache Wimmern eines Kindes, das die ganze Nacht geweint hat.

Sie kam schnell und sagte: »Siehst du, heute nacht warst du ein braver Junge. Ich habe dir ja gesagt, daß du dich nicht aufzuspielen ...«

Die Worte blieben ihr im Hals stecken, als sie mich sah. Ich schaute mit einem Auge bemitleidenswert nach oben.

Sofort warf sie sich auf den Boden neben mich. »O mein Gott!« schrie sie. »Wie lange liegst du schon hier? Und was ist das für eine Beule auf deiner Stirn! Verdammt! Ich wußte nicht, daß du aus deinem Bett herausklettern kannst. O, und das Nachtlicht ... Du hättest in den Flammen umkommen können!«

Also, ich muß schon sagen, ich fand das ganze Kunststück einfach brillant.
Sie war so aufgeregt und schuldbewußt, daß sie die Dampfwalze anrief, ihr absagte und zu Hause blieb, um sich selbst um mich zu kümmern. Von Stunde zu Stunde übertraf ich mich selbst mit Dreistigkeiten und Gemeinheiten, aber sie ertrug alles wie ein Lamm.
Abends machte ich so ein Theater, daß sie mich schließlich sogar mit in ihr Bett nahm (er ist immer noch auf Geschäftsreise), und sobald sie sich hingelegt hatte, ließ sie mich ein wenig trinken. Es kam aber keine Milch mehr, und so lief das Ganze auf ein Knabbern – oder, um der Genauigkeit willen, auf ein Kauen – hinaus. Noch ein paar Nächte wie diese, und ich könnte bestimmt die Milch wieder zum Fließen bringen.

Es geschieht ihr ganz recht – einfach zu glauben, daß sie mich austricksen kann ...!
Und es gibt noch einen weiteren Erfolg meines Feldzugs, der mir in Zukunft nützlich sein wird: Ich weiß, daß ich aus meinem Bett herausklettern kann. Und sie wissen, daß ich es weiß. Meinen Eltern stehen unruhige Tage bevor, möchte ich behaupten.

Neunzehnter Monat

Fünfter Tag

Die Dampfwalze hat eine Mutter-Kind-Gruppe ins Leben gerufen. Heute morgen kamen drei Kinder mit ihren Kindermädchen zu uns nach Hause.

Das paßte mir gar nicht. Ich möchte nicht, daß andere Kinder mit meinen Sachen spielen. Außerdem sind sie sehr schnell darauf gekommen, mich zurückzuhauen.

Und überhaupt war das ja gar keine Mutter-Kind-Gruppe, es war eine Kindermädchen-Kind-Gruppe, die sich aus einem Haufen armseliger Kinder zusammensetzte, deren Eltern sie allein gelassen hatten, um ihre Zeit eigensüchtig mit Arbeiten zu vergeuden. Und wenn sie meinen, daß ich mit anderen Kindern Umgang haben sollte, dann müssen sie mir schon etwas Besseres bieten als diese Horde. Sie waren laut, rochen übel, und – unerhört – manche schlugen viel härter zu als ich.

Zwölfter Tag

Ich bin jetzt an einem Lebensabschnitt angelangt, der für sie sehr unangenehm werden könnte. Oder, genauer gesagt: Ich bin an einem Lebensabschnitt angelangt, der noch unangenehmer für sie werden könnte. Es ist so, daß ich bisher wirklich dreimal am Tag geschlafen habe – einmal lange über Nacht, und dann kamen noch die Ergänzungsschläfchen im Laufe des Vormittags und Nachmittags hinzu.
Ich habe versucht, dieses Muster zu durchbrechen, denn ganz offensichtlich haben entweder sie oder die Dampfwalze die Gelegenheit, ungestört etwas zu tun, während ich schlafe. Aber ich fürchte, ich muß zugeben, daß mich die nackte Erschöpfung schließlich immer wieder übermannt und ich einnicke.
Jetzt sieht die Sache aber anders aus. Ich scheine nicht mehr soviel Schlaf zu brauchen wie früher.

Heute habe ich der Dampfwalze einen kleinen Vorgeschmack auf das gegeben, was sie an Unannehmlichkeiten erwartet. Ich hatte, wie üblich, mein Morgenschläfchen gehalten, aber als sie mich nach dem Mittagessen hinlegte, fühlte ich mich gar nicht müde. Sie ging mit dem gewohnten »So, und jetzt schlaf schön und laß mich ein bißchen arbeiten, okay?« aus dem Zimmer, und ich fing sofort an zu schreien.

Sie reagierte nicht darauf, weil ich das relativ oft tue und dann trotz aller guten Vorsätze einfach wegdöse. Aber ich machte weiter Radau, bis ihr nichts anderes übrigblieb, als nach oben zu kommen. Drei- oder viermal versuchte sie, mich zu beruhigen, aber dann gab sie auf und nahm mich mit nach unten.

Dann bestätigte sich, was ich schon eine ganze Weile vermutet hatte: Das ganze Trara, ich müsse meinen Mittagsschlaf halten, damit sie in dieser Zeit ungestört arbeiten könne, war eine glatte Lüge. Was tut sie in Wirklichkeit während meines Mittagsschlafs, und was hat sie wahrscheinlich jeden Nachmittag getan, seit sie hier zu arbeiten angefangen hat? Sie setzt sich gemütlich aufs Sofa und schaut sich australische Seifenopern an.
Heute nachmittag versuchte sie doch tatsächlich, mich dazu zu bringen, eine mit ihr anzusehen. Ha! Ich gestand ihr zuerst ein paar Minuten zu, aber dann konnte ich nicht mehr. Achtzehn Monate hinterhältigen Betragens haben mich zu einem recht guten Kenner der Schauspielkunst gemacht, und ich muß schon sagen, die Leistung, die man in diesen Seifenopern geboten bekommt, ist miserabel. Also schrie und plärrte ich und stellte so sicher, daß sie nicht eine Sekunde ihrer Sendung genoß.

Dreizehnter Tag

Habe heute wieder meinen Nachmittagsschlaf verweigert. Diesmal setzte mich die Dampfwalze gleich neben sich. Sie wollte nichts von ihrer heißgeliebten Seifenoper verpassen.
Ich schrie und plärrte während der ersten Hälfte, aber dann beruhigte ich mich. Zwar ist die Schauspielkunst nicht besser geworden, aber von der Art, wie die Stories zusammengesetzt sind, geht ein gewisser absurder Reiz aus.

Vierzehnter Tag

Trotz des totalen Reinfalls bei ihrem ersten Versuch hatte die Dampfwalze heute morgen wieder drei andere Kinder und ihre Kindermädchen eingeladen, und so nahm ein weiteres Treffen der – fälschlicherweise so genannten! – Mutter-Kind-Gruppe seinen Lauf.
Ich schaffte es, einer der kleinen Kröten den Hammer – der, mit dem man die grellbunten Plastikstäbe in den grellbunten Plastiktisch schlägt – auf den Kopf zu hauen. Das kam nicht besonders gut an.
Und die Katze kratzte eins von den halslosen Ungeheuern ziemlich heftig. Ich weiß, ich habe in der Ver-

gangenheit ein paar unschöne Dinge über die Katze gesagt, aber heute habe ich zum ersten Mal eine Seelenverwandtschaft zwischen uns entdeckt.

Sechzehnter Tag

Während meines Vormittagsschlafs habe ich kaum ein Auge zubekommen, und weil ich mittags noch launischer und streitsüchtiger war als sonst, versuchte die Dampfwalze, mich nach dem Essen zum Nachmittagsschläfchen hinzulegen.
Ich schrie und wehrte mich mit Händen und Füßen. Wie konnte sie es wagen, mir meine australische Seifenoper vorzuenthalten?

Zwanzigster Tag

Heute morgen wachte ich vor meinen Eltern auf und genoß die Atmosphäre. Die Sonne strömte ins Zimmer, gedämpft durch die Sommervorhänge, und zeichnete gesprenkelte, tanzende Muster auf meine Decke. Die Vögel zwitscherten draußen. Ich fühlte

mich ausgeruht und geborgen, und es war recht gemütlich.
Ich begann zu glucksen und zu gurgeln. Diese Geräusche entwickelte ich zu einer Folge vor sich hinplätschernder Sätze; es kamen zwar keine wirklichen Wörter darin vor, aber es klang so.
Ich überlegte, wie toll es war, ein Baby zu sein, wie gemütlich ich es hatte und wie sehr ich beschützt und geliebt wurde. Und ich dachte, was für ein Glück ich hatte, kein Erwachsener zu sein – schlafen zu können, bis ich von mir aus aufwachte, mir keine Sorgen über Geld, Arbeit und über das Monatsende machen zu müssen. In mir stieg ein inniges, liebevolles Mitgefühl für meine Eltern hoch.
Dann fiel mir ein, wer – zum Teufel – ich war, und ich schrie mir die Seele aus dem Leib. Verflucht! Gab es einen Grund, warum ich sie weiterschlafen lassen sollte? Es ist eine Frage der Ehre, dem Radiowecker zuvorzukommen und sie aus ihren Träumen zu reißen.

Samstag. Sie macht sich wirklich Gedanken über mein Topftraining. Ich weiß nicht, warum, aber plötzlich scheint sie die ganze Sache noch mehr zu beunruhigen.
Wahrscheinlich hat sie gerade den letzten Bericht aus dem Lager von Baby Einstein bekommen. Zweifellos hat dieser kleine Klugscheißer schon einen Abschluß in Atomphysik, und auch den Mount Everest hat er bestimmt schon ohne Atemgerät erklommen. Und meine arme Mutter ist mit einem kleinen Ferkel geschlagen, das noch nicht einmal sauber ist.
Wahrscheinlich sollte ich Mitleid mit ihr haben. Das nächste Mal, wenn sich mein Darm wieder meldet – oder anders ausgedrückt: wenn ich Aa machen möchte –, sollte ich vielleicht um den Topf bitten und ihn für den vorgesehenen Zweck verwenden.

Auf der anderen Seite macht es solchen Spaß, wenn sie mit dem Topf in der Hand durch das ganze Haus hinter mir herrennt, nur weil vielleicht eine geringe Möglichkeit auf ein Aa besteht. Warum sollte ich einen solchen Höhepunkt unserer miteinander verbrachten Qualitätszeit zunichte machen?

Achtundzwanzigster Tag

Heute abend fiel ich – pardon! – auf meinen Popo. Und da ich dachte, daß ein Fortschritt bei meinen linguistischen Fähigkeiten sie vielleicht einen Augenblick von der Sauberkeitserziehung ablenken könnte, probierte ich ein neues Wort aus. »Po«, sagte ich, und für den Fall, daß sie nicht verstanden hatte, worum es ging, wiederholte ich: »Po!«
Und was machte sie? Sie holte tatsächlich den Topf hervor. Wirklich! Wenn ich Topf gemeint hätte, hätte ich auch Topf gesagt.

Neunundzwanzigster Tag

Manchmal habe ich richtige Schuldgefühle, wenn ich darüber nachdenke, wie ich sie für dumm verkaufe, aber sie fordert es richtiggehend heraus. Denn es ist fast so einfach, sie an der Nase herumzuführen, wie einem Kind den Lutscher zu entreißen. (Na ja – einem **anderen** Kind den Lutscher wegzunehmen. Ich möchte den sehen, der versucht, **mir** einen Lutscher wegzunehmen!)

Heute gab es wieder ein gutes Beispiel für ihre Dummheit. Wie immer redete sie ewig über diesen Blödsinn mit dem Topftraining, und deshalb beschloß ich nach dem Essen, ihrem Drängen nachzugeben.

»Topf!« rief ich drängend. »Topf!«

»O, was für ein lieber Junge«, säuselte sie. »Willst du das Töpfchen haben, mein Süßer?« Natürlich wollte ich! »Genauso wie gestern abend?«

O nein, nicht schon wieder!

Auf jeden Fall entsprach meine Bitte wohl dem, was sie sich schon seit Monaten erträumt hatte. Sie rannte davon, um den Topf zu holen, riß mir alle Kleider unterhalb der Taille vom Leib und schaute mich bedeutungsvoll an. Sie deutete auf den Topf und sagte: »Da, schau mal. Du weißt doch, wofür das gedacht ist?«

»'a.« Ich nickte. »'a, 'a.«

Sie lächelte ermutigend.

»Na, dann mach mal das, was man damit machen sollte. Na, komm ...!«
Ich nickte wieder. Sie nickte begeistert zurück.
Ich nahm den Topf hoch und stülpte ihn mir über den Kopf.

Einunddreißigster Tag

Samstag. Heute gab ich meinen Widerstand endlich auf. Zum einen war ich den Kampf leid, zum anderen sah ich den Ausdruck gramvoller Sorge in ihrem Gesicht. Was auch immer der Grund war – jedenfalls rief ich nach dem Mittagessen wieder einmal »Topf! Topf!«

Diesmal hatte sie ihn sofort zur Hand, und in einem Sekundenbruchteil war ich von der Taille abwärts – das heißt vom Boden aufwärts – wieder nackt und schwebte mit gespreizten Beinen über dem Topf.

»Na, setzt du dich jetzt hin und machst ein schönes Aa?« ermunterte sie mich liebevoll.

Mit einem Seufzer ließ ich meine Pobacken auf dem kalten Plastik nieder.

»Und jetzt ein großes Aa für Mama. Ein großes Aa für Mama. Na, komm schon ...«

An ihrem Gesicht konnte ich ablesen, wie sehr sie sich danach sehnte, und sie tat mir so leid, daß ich drückte, ein paarmal ächzte und – plopp, plopp – zwei wohlgeformte Würstchen in den Topf ablegte.

Mein Gott! Man hätte glauben können, sie wäre nach

fünf Jahren Geiselhaft gerade in die Freiheit entlassen worden und hätte gleichzeitig von ihrem Millionengewinn im Lotto erfahren. Während ich mich langsam aufrichtete, schnappte sie sich den Topf und schaute so verzückt hinein, als hätte sie Kronjuwelen vor sich.

»Was bist du doch für ein cleveres Kerlchen. Schau mal, was du Schönes für Mama gemacht hast! Was für ein großer Junge! O danke, sagt die Mama! Vielen Dank.«

Sie trug den Topf vor sich her, als ruhte er auf einem mit Quasten geschmückten Kissen, und führte mich nach oben ins Bad.

»Und weißt du, was wir jetzt machen?« kicherte sie vergnügt. »Wir machen deinen Popo sauber, aber erst ...« Sie blieb vor dem Klo stehen. »Zuerst machen wir mal **so**.«

Ohne Vorwarnung drehte sie den Topf um, kippte meine kostbaren Würstchen in die Schüssel und spülte sie weg.

Ha! Der habe ich zum letzten Mal ein Geschenk gemacht!

Zwanzigster Monat

Ein gutes Beispiel für die Konflikte zwischen ihr und der Dampfwalze. Es ging um die vermaledeite Sauberkeitserziehung, und der Zwischenfall war wieder einmal ein Beweis dafür, daß bei einem solch großen und wichtigen Projekt Job-Sharing nicht der richtige Weg ist. Aber meine Mutter hat uns das Ganze eingebrockt, und sie soll die Suppe jetzt auch auslöffeln.

Ich bin jetzt in einem Entwicklungsstadium, in dem ich die Verbindung zwischen »den körperlichen Empfindungen und dem Produkt« kenne, wie sie behauptet. Ich fühle, wenn Pipi oder Aa im Anmarsch sind, und wenn mir danach ist, schaffe ich es durchaus, nach einem Topf zu rufen und ihn schnell genug zu benutzen, um einen »Unfall« zu vermeiden.

Der wichtige Teil des Satzes ist: »Wenn mir danach ist ...«

Heute ist Montag, und sie war noch ganz aufgeregt über das, was sie als ihren »Klosieg« betrachtet. Sie erzählte der Dampfwalze alles über die Erfolge vom Wochenende.

»Er ruft jetzt nach dem Topf, wenn er ihn braucht«, verkündete sie zuversichtlich. »Aber Sie müssen schnell sein. Und passen Sie auf, daß Sie auch hören, wenn er nach dem Topf ruft!«

Und war den ganzen Tag lang ein einziger Ruf nach dem Topf zu hören? Na, raten Sie mal!

Sie kam vom Büro zurück. Und war den ganzen Abend ein einziger Ruf nach dem Topf zu hören? Fehlanzeige.

Es funktionierte. Ein winziges Schuldgefühl hatte sich bei ihr eingeschlichen. »Weißt du«, sagte sie zu ihm, »ich mache mir Sorgen wegen dem Kindermädchen. Manchmal fürchte ich, sie könnte seine Entwicklung behindern.«

Als die Dampfwalze heute hier war, schrie ich aus vollem Hals nach dem Topf, wann immer mir danach war. Sie kam immer rechtzeitig damit. Es gab keinen einzigen Unfall.
Es war ein perfekter Tag, was das Topftraining anging. Die Dampfwalze erzählte es meiner Mutter stolz, als sie aus dem Büro kam. Aber war den ganzen Abend ein einziger Ruf nach dem Topf zu hören? Bin ich meschugge?
Ich hörte, wie sie zu ihm sagte: »Weißt du, ich mache mir wirklich Sorgen wegen dem Kindermädchen. Ich glaube, daß die Frau manchmal lügt, daß sich die Balken biegen.«
Reg dich ruhig auf. Weiter so. O, wie mir das Spaß macht!

Vierter Tag

Wieder ein unfallfreier Tag – und ein Abend voller Inkontinenz. Wieder erstattete die Dampfwalze Bericht über ihren Erfolg. Meine Mutter zweifelt immer mehr an der Wahrheitsliebe dieser Frau.

Fünfter Tag

Heute habe ich meine Taktik geändert. Als die Dampfwalze hier war, habe ich nicht einmal nach dem Topf gerufen. Statt dessen habe ich drei volle Windeln produziert, die alle aussahen, als hätten sie einen Monat im Schützengraben hinter sich.
Nachdem die Dampfwalze über den Rückfall berichtet hatte und nach Hause gegangen war, wurde ich plötzlich zum Musterknaben. Ich fragte mit glockenheller Stimme zweimal nach dem Topf und zog meine Ich-bin-schon-trocken-Show ab.
Jetzt ist sie überzeugt, daß die Dampfwalze lügt.

Als die Dampfwalze zu uns kam, erzählte ihr meine Mutter, wie tadellos ich mich am Abend zuvor verhalten hatte. Nachdem sie ins Büro gegangen war und ich mit der Dampfwalze zu Hause blieb, öffnete ich alle vorhandenen Ausgänge und wurde wieder zum Einmonats-Wickelkind.
Die Dampfwalze ist jetzt überzeugt, daß meine Mutter lügt.
Dieses Spiel kann ich noch lange treiben. Und es muß sich nicht nur auf die Sauberkeitserziehung beschränken. Die Variationen sind unbegrenzt. Das Leben ist doch einfach zu schön!

Ich hätte es ihr sagen können – eigentlich habe ich damals mein Bestes getan, um es ihr zu sagen –, daß sie sich mit dieser blödsinnigen Idee, wieder arbeiten gehen zu wollen, ins eigene Fleisch schneidet. Aber sie wollte ja nicht hören!

Es läuft nur darauf hinaus, daß sie für alles weniger Zeit hat und wegen der gewaltigen Schuldgefühle, die ständig auf ihr lasten, nichts mehr genießen kann.

Und tue ich etwas, um diese Schuldgefühle zu mindern? Das wäre ja noch schöner!

Wir sollten einmal untersuchen, warum sie wieder arbeiten ging. Als sie und er über dieses Thema diskutierten, fanden sie folgende Gründe:

1. Es bringt Geld in die Kasse.
2. Ihr Verstand wird wieder angeregt, sie vegetiert nicht mehr vor sich hin.
3. Es trägt dazu bei, daß sie und ich unabhängig voneinander werden, so wie alle Eltern und Kinder das früher oder später tun müssen.
4. Das Kindermädchen kann ihr etwas von der Plackerei bei der Kindererziehung abnehmen. (Plackerei? Ich?)
5. Sie findet wieder zu ihrer eigenen Identität zurück und fühlt sich nicht mehr nur noch als Mutter. (Auf diese hirnverbrannte Idee haben sie die Psychologie-Ratgeber gebracht.)

Aber in Wirklichkeit ist folgendes passiert:

1. Fast das ganze Geld, das sie verdient, geht für die Bezahlung der Dampfwalze drauf. Außerdem kauft sie mehr Sachen für mich, denn sie hat ein schlechtes Gewissen, weil sie mich verlassen hat, und versucht es so zu beruhigen. Außerdem nimmt sie mehr Urlaub, weil sie nach einem Arbeitstag und der anschließenden Hausarbeit fix und fertig ist.
2. Sie ist im Augenblick vor Erschöpfung fast hirntot, so daß sie fast keinen Verstand mehr hat. Sie würde ein Vermögen für zehn Minuten ununterbrochenes Dahinvegetieren geben.
3. Ich weiß, daß alle Eltern und Kinder irgendwann unabhängig voneinander werden müssen, aber ich bin derjenige, der bestimmt, zu welchem Zeitpunkt das zu geschehen hat, vielen Dank.
4. In der Praxis funktioniert das überhaupt nicht. Die Dampfwalze liegt den halben Tag auf dem Sofa herum, schaut Seifenopern und stopft sich voll. (Jetzt weiß ich, warum sie wie ein Supertanker gebaut ist.) Und weil zwei in die Sache verwickelt sind, ist es für mich ein leichtes – wie inzwischen ja jeder weiß –, die eine gegen die andere auszuspielen. (Siehe die Eintragungen zum Thema Sauberkeitserziehung in diesem Monat.)
5. Sie hat gar keine eigene Identität. Sie **ist** nur meine Mutter.

Einundzwanzigster Tag

Samstag. Ein guter neuer Gag. Weil ich jetzt mobil genug bin, um ziemlich lange Strecken zu laufen, schnallt sie mich im Kinderwagen nicht immer an. Ich klettere heraus, wenn ich laufen will, und klettere wieder hinein, wenn ich müde werde. Sie ist sehr stolz auf diese neue Fertigkeit und sagt, man könnte daran erkennen, wie unabhängig ich schon sei.

Heute hat sie mich zu einem großen Einkaufsbummel mitgenommen. Weil er irgendwo unterwegs war, hatten wir kein Auto. Da ich auf dem Hinweg fast die ganze Strecke gelaufen bin, kletterte ich auf dem Rückweg in den Buggy.

Sie hatte ihre vollgestopften Einkaufstaschen an den Wagen gehängt und schob mich nach Hause. Ich bin inzwischen ganz schön schwer geworden, und zusammen mit den Einkäufen hatte sie ordentlich was zu tun.

Sie setzte sich zum Verschnaufen auf eine Bank. Das war der Moment, auf den ich gewartet hatte. Ich kletterte aus dem Buggy, und es lief alles genau nach Plan: Ohne mein Gegengewicht fiel der Wagen nach hinten, und ihre Einkäufe krachten zu Boden.

Schadensbilanz: Bis auf zwei Eier alle kaputt, und – das ist die Krönung – wieder seine Flasche Whisky zerschmettert.

Das werde ich ganz bestimmt noch einmal versuchen.

Dreiundzwanzigster Tag

Ich finde, daß ich in der letzten Zeit in puncto Essen zu nachgiebig war. Heute habe ich alles bis auf Chips und ein paar Mandarinenschnitze verweigert. Als die Dampfwalze meiner Mutter davon berichtete, war sie richtig schön besorgt.

Es ist toll. Jegliche Änderung meiner Essensgewohnheiten macht sie immer noch nervös.

Vierundzwanzigster Tag

Auch mittags bin ich bei Chips und Mandarinen geblieben. Als meine Mutter nach Hause kam, verbrachte sie Stunden damit, andere verführerische kleine Imbisse für mich zuzubereiten. Ich habe nichts davon angerührt. Schließlich gab sie sich geschlagen und servierte mir Chips und Mandarinen.

Fünfundzwanzigster Tag

Ich bleibe bei meiner neuen Diät. Es macht sie wahnsinnig. Ich wünschte, ich hätte mich für Schokoladenpudding und Bananen entschieden. Die ewigen Chips und Mandarinen gehen mir allmählich auf den Geist.

Sechsundzwanzigster Tag

Eine tolle Leistung. Sie ist wegen meiner Eßgewohnheiten inzwischen so verzweifelt, daß sie heute morgen nicht ins Büro ging, sondern statt dessen mit mir zum Arzt fuhr.
Sie erzählte mit großer Dramatik, daß ich die letzten drei Tage nichts anderes als Chips und Mandarinen gegessen hätte.
Ich wartete mit angehaltenem Atem. Welche Behandlung würde der Arzt vorschlagen? Er mußte doch bestimmt irgendwelche Tests machen. Vielleicht eine Nacht zur Beobachtung im Krankenhaus?
Aber nein.
Der Arzt sagte nur: »Na ja, wahrscheinlich will er gerade nichts anderes essen. Und wenn Sie mich jetzt entschuldigen wollen, draußen warten kranke Kinder auf mich.«

Es ist verblüffend, wie gleichgültig Ärzte heutzutage sind.

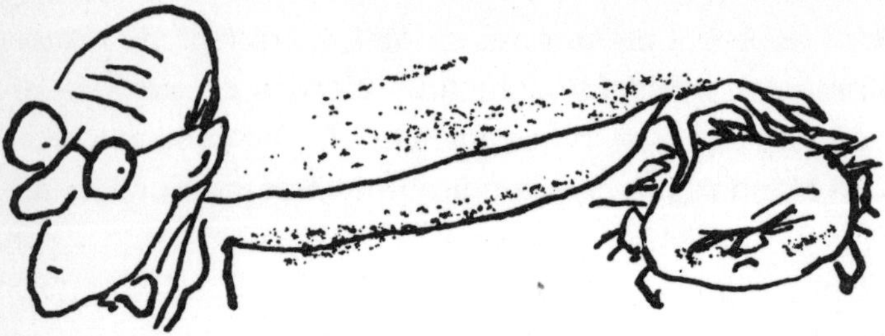

Siebenundzwanzigster Tag

Ich habe mir heute Chips und Mandarinen reingezwungen, aber ich glaube nicht, daß ich damit weitermache. Wenn meine neue Eßlaune niemanden beunruhigt, hat das doch auch keinen Sinn, oder? Und außerdem habe ich inzwischen einen Heißhunger auf Fischstäbchen und Erdbeermarmelade entwickelt.

Achtundzwanzigster Tag

Ehrlich! Sie fällt immer auf die Werbung herein. Sie braucht ein Produkt nur einmal auf dem Bildschirm zu sehen, und sofort will sie es kaufen.

Heute abend haben sie einen Spot gezeigt, und sie war gleich ganz aufgeregt, weil er für etwas warb, was irgendwie mit ihrer geheiligten Sauberkeitserziehung zusammenhängt. Wäre es nicht schon so spät gewesen, sie wäre sofort ins Einkaufszentrum gerannt.

Das Resultat waren Trainers. Das ist ein Mittelding zwischen einer Windel und einer Unterhose. Der Witz dabei ist, daß das Kind sich sehr erwachsen fühlt, weil es die Trainers HOCH- UND RUNTERZIEHEN kann. Welch göttliche Erleuchtung!

Der Hersteller von diesen Dingern hat ganz klar die richtige Verkaufspsychologie, was die Eltern angeht, aber sie haben keine Ahnung, auf was Kinder stehen.

A) Ein Kind meines Alters begeistert die Vorstellung, Unterhosen zu tragen, ehrlich gesagt, nicht besonders.

B) Jedes Kind, das den Namen verdient, wird die Funktion HOCH- UND RUNTERZIEHEN ausnutzen, und es ist sicher wie das Amen in der Kirche, daß die Trainers immer HERUNTERGEZOGEN sind, wenn ein »Unfall« passiert – wobei natürlich immer darauf zu achten ist, daß man dabei auf dem schönsten Polstersessel sitzt.

Neunundzwanzigster Tag

Es ist unglaublich! Heute ist sie Trainers kaufen gegangen.
Als sie das nächste Mal meine Windeln wechselte, fuhr sie schwere Geschütze auf: »Was bist du doch

schon für ein großes Baby, mein Schatz. Jetzt brauchst du doch keine Windel mehr. Schau mal ... «, sie hielt die Trainers hoch, »jetzt hast du Unterhosen wie die Großen. Mama und Papa haben auch solche Unterhosen.«

Glaubt sie wirklich, daß ich die Unterhose eines erwachsenen Menschen nicht von einer Steppdecke aus Papier mit Gummizug unterscheiden kann?

Wie dem auch sei, sie stellte mich hin und zog die Trainers hoch. Als sie oben waren, zog sie sie wieder runter. Und wieder hoch. Und wieder runter. »Hoch, runter, hoch, runter, hoch, runter, hoch – ganz einfach – genauso machen es die großen Leute.«

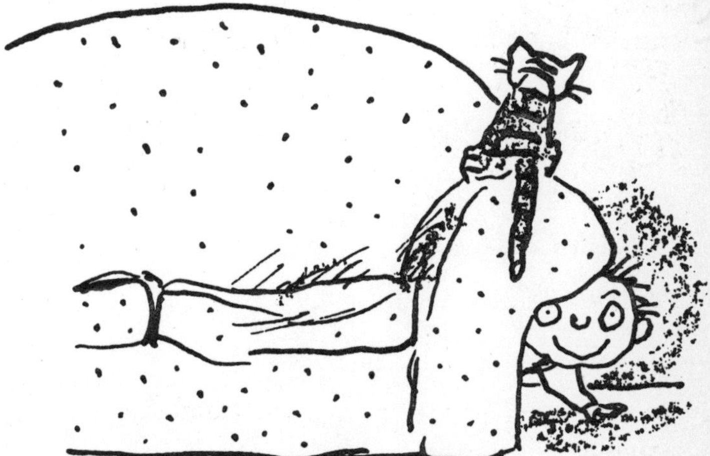

Schließlich hatte sie genug von dieser Jo-Jo-Vorstellung, klopfte mir auf den Po und sagte: »So. Und wenn du das nächste Mal Pipi oder Aa machen willst, dann ziehst du einfach die Trainers runter und setzt dich auf den Topf ... Das ist doch ganz einfach, oder?«
Na ja, ich habe die Hälfte von dem gemacht, was sie gesagt hat.
Als ich das nächste Mal Pipi oder Aa machen wollte, zog ich meine Trainers runter. Aber ich suchte nicht nach dem Topf, sondern fand ein nettes, warmes Plätzchen neben der Heizung hinter dem Sofa.
Und damit es sich auch lohnte, machte ich Aa.

Einundzwanzigster Monat

Erster Tag

Heute habe ich ein neues Spielzeug bekommen. Ein kleines rotes Telefon mit Tasten, auf denen Zahlen stehen. »Schau mal, mein Schatz«, sagte sie. »Jetzt kannst du alle deine Freunde anrufen – genau wie Mama und Papa.«

Wofür hält sie mich eigentlich? Ich sehe ganz genau, daß das Telefon kein Kabel hat. Und wenn ich den Hörer abnehme, kommt kein Freizeichen.
Ich habe heute abend gehört, wie sie ihm von meinem Telefon erzählte. Sie gebrauchte wieder dieses fatale Wort – pädagogisch. Und wenn sie glaubt, daß ich mir dieses Ding auch nur einmal von nahem betrachte, dann hat sie sich aber geschnitten. Ich bin doch nicht blöd.

Zweiter Tag

»Na, hast du schon mit all deinen Freunden telefoniert, mein Kleiner?« fragte sie heute abend. »Das wäre doch nett!« Okay. Wenn sie das will, dann soll sie es haben.

Dritter Tag

Sie war gerade ins Büro gegangen, und die Dampfwalze war beschäftigt, die Waschmaschine mit meiner täglichen halben Tonne verdreckter Kleidung zu füttern. Da beschloß ich, ihre Wünsche zu erfüllen und einen meiner Freunde anzurufen.
Natürlich nicht mit meinem schäbigen roten Telefon. O nein, ich nahm natürlich ihres. Ich hatte sie schon oft genug dabei beobachtet. Man muß nur den Hörer in die Hand nehmen und ein paar Tasten drücken.
Ich mußte es ein paarmal probieren, bevor sich überhaupt irgend etwas tat. Bei den meisten Nummernkombinationen, die ich wählte, waren am anderen Ende nur drei Töne und eine Frauenstimme zu hören, die immer dasselbe sagte.
Aber dann landete ich einen Treffer. Am anderen Ende meldete sich jemand. Ich glaube, die Frau sprach

Englisch. Ich versuchte zwar mit den paar Worten, die ich beherrschte, eine Unterhaltung in Gang zu bringen, aber die Stimme antwortete nicht. Mir wurde die Sache ziemlich schnell langweilig, weil die Sätze für meine Ohren immer gleich klangen. Ich legte also den Hörer neben das Telefon und ging daran, meine neuen Körperfarben an der Katze auszuprobieren.

Als meine Mutter vom Büro zurückkam, fragte sie die Dampfwalze, ob etwas mit dem Telefon nicht stimme. Sie hätte vom Büro aus zweimal versucht, anzurufen, aber es wäre immer besetzt gewesen.

Schließlich bemerkte sie, daß nicht aufgelegt war. Sie nahm den Hörer in die Hand und lauschte. Und dann ging sie in die Luft. Sie tobte und heulte, schrie die Dampfwalze zusammen und befahl ihr, mich nie wieder in die Nähe des Telefons zu lassen. Und als er nach Hause kam, fing sie wieder damit an. Immer wieder klagte sie, daß wir uns dieses Jahr jetzt wohl keinen Urlaub würden leisten können.

Man muß sich das vorstellen: Ich bekam überhaupt kein Lob für meine Leistung. Um ehrlich zu sein, fand ich es ziemlich clever für jemanden meines Alters, die australische Zeitansage anzurufen.

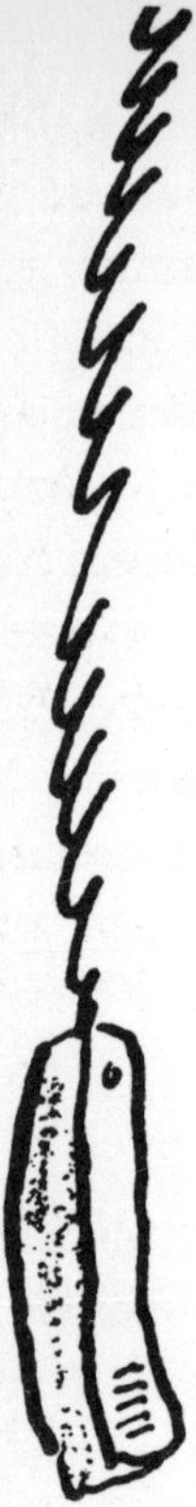

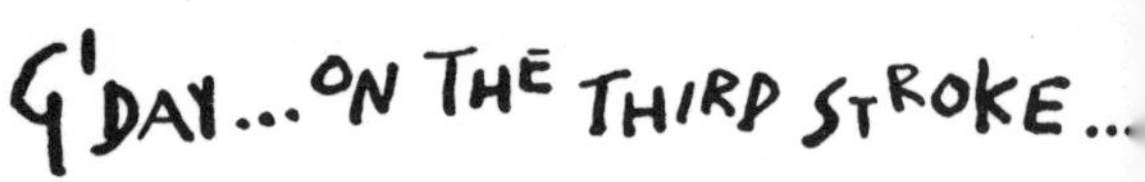

Achter Tag

Heute morgen habe ich eine Bestandsaufnahme meines Wortschatzes gemacht.

Angefangen hat alles letzte Weihnachten mit meinem ersten Wort: »da«. Ich hatte es gesagt, um auf das Billardqueue aufmerksam zu machen, das er zu Weihnachten geschenkt bekommen hatte, aber sie behaupteten hartnäckig, ich hätte »danke« gesagt. Jetzt kann ich wirklich »danke« sagen. Ich benutze es, wohlgemerkt, nicht sehr oft.

Dann habe ich relativ schnell »nein!« ins Spiel gebracht, und nicht sehr viel später kam »mehr!« dazu. Ich kann außerdem »Mama« sagen, und wenn ich besonders barmherzig bin, bringe ich auch das sonderliche »Papa« zustande. Und bis ich »Dampfwalze« beherrsche, wird sie für mich »Scheusal« bleiben.

Ich kann »ja« sagen, aber unglücklicherweise kommt immer ein »'a« heraus, da ich mit dem »j«-Laut auf Kriegsfuß stehe. Aber das macht nichts, denn ich brauche dieses Wort nicht sehr oft. Ich finde, daß »nein!« in den meisten Situationen besser paßt.

Ich kann auch »Po« und »Topf« sagen, obwohl meine Eltern immer noch glauben, daß es sich dabei um ein und dasselbe Wort handelt. Dann habe ich noch »will«, »schön«, »Katze«, »ich«, »tschüß« und »böse« anzubieten.

Wie viele sind das also ...? Sechzehn. Das dürfte für ein Kind von einundzwanzig Monaten ungefähr Durchschnitt sein, denke ich.

Dreizehnter Tag

Ich kann nicht nur einzelne Wörter sagen. Wenn es mich überkommt, kann ich sie zu Mini-Wortfolgen oder Sätzen zusammenfügen: »will Mama«, »mehr Topf« und dergleichen mehr.
Ich habe bisher noch nicht versucht, sie alle in einem langen Satz unterzubringen. Was würde wohl dabei herauskommen? Ich muß einen Augenblick nachdenken ...
Ja, so könnte es ungefähr aussehen:
»'a, Mama, du Papa, nein mehr böse Scheusal, ich will schön Topf, danke, tschüß Katze.«

Mmh ... Vielleicht sollte ich noch ein wenig warten, bis sich die Gelegenheit zu einem solchen Gespräch ergibt.

Sechzehnter Tag

Ich fahre jetzt total auf die Kinderstunde ab. Anfangs dachte ich, es sei totaler Quatsch. Ist es immer noch, aber jetzt bin ich süchtig nach diesem Quatsch. Wenn ich meine tägliche Dosis nicht bekomme, dann habe ich für den Rest des Tages Entzugserscheinungen, die meiner Umwelt überhaupt nicht gut bekommen.
Meine Mutter erzählt ihren Freundinnen immer, daß sie meine Zeit vor dem Fernseher auf ein bestimmtes Maß beschränke und daß sie auswähle, was ich mir anschauen darf. Das ist absoluter Schwachsinn. Ihr

ist es total egal, was sich auf dem Bildschirm abspielt, solange sie dadurch eine halbe Stunde Ruhe und Frieden herausschindet.
Wenn das Fernsehen tatsächlich das Hirn verrotten läßt, dann sind die Eltern für die Anlage des Komposthaufens verantwortlich.

Siebzehnter Tag

Jetzt kann ich zwar den Fernseher ein-, aus- und umschalten, aber das funktioniert eher nach dem Zufallsprinzip. Das heißt, ich kann zwar umschalten, aber ich habe keinen nennenswerten Einfluß darauf, welchen Kanal ich erwische. Ich bin auch schon ziemlich gut mit der Fernbedienung.
Ich habe drei besondere Tricks mit der Fernbedienung auf Lager. Bei dem einen nehme ich die Batterien heraus und verstecke sie irgendwo an einem sicheren Ort – unter der Waschmaschine beispielsweise. Einfach, aber wirkungsvoll. Macht sie wahnsinnig. Mein zweiter Trick besteht darin, die Fernbedienung zu verstecken. Das bringt sie zur Verzweiflung. Ich habe schon alle möglichen Verstecke ausprobiert. Unter der verlausten alten Decke im Katzenkorb war ein ziemlich gutes, aber mein Lieblingsversteck ist immer noch der Sandkasten.

(Dabei fällt mir noch ein wichtiger Punkt ein: Man sollte, wenn es geht, immer ein möglichst schmutziges Versteck suchen, damit die Fernbedienung voll mit irgendwelchem Dreck ist, wenn die Eltern sie schließlich finden. Und man sollte immer daran denken, etwas Klebriges zu essen, bevor man die Fernbedienung in die Hand nimmt.)
Mein dritter guter Trick ist umzuschalten, und zwar genau dann, wenn die Spannung in seiner Sportschau den Höhepunkt erreicht. Man glaubt gar nicht, wie ihn ein gut gewählter Druck auf den Knopf in Rage bringt. Ich empfehle folgende Momente: Wenn der Golfball nach einem tollen Putt auf das Loch zurollt, oder wenn nach einem gelungenen Paß nur noch der Torwart dem Sieg im Weg steht.

Neunzehnter Tag

Sonntag. Ich kann jetzt alleine aus meinem Bett steigen, die Treppe runterrutschen und den Fernseher einschalten. Sie scheinen ganz scharf darauf zu sein, daß ich das jeden Sonntag morgen tue, und das, obwohl alle meine sonstigen Unabhängigkeitsbeweise bisher mit wenig Enthusiasmus begrüßt wurden.
Es hat eine Weile gedauert, bis ich kapiert hatte, warum, aber heute morgen fiel es mir wie Schuppen von den Augen.
Sie wollen mich am Sonntagmorgen aus dem Weg haben, damit sie noch ein wenig im Bett bleiben können. Faules Pack! Und was noch schlimmer ist, sie wollen im Bett bleiben, um ihrem Sexualleben zu frönen. Ekelhaft!

Kaum hatte ich diesen Geistesblitz, schlich ich nach oben und kroch leise in ihr Schlafzimmer. Es war filmreif, wie sie blitzartig auseinanderstoben, als sie mich sahen ...

Einundzwanzigster Tag

Heute habe ich ein neues Wort gesagt. Als sie aus dem Büro kam, wollte sie mir etwas zu trinken in meine Schnabeltasse gießen. »Und was will mein kleiner Schatz denn haben?« gurrte sie. »Orange oder Zitrone?«
Ich antwortete: »Zotrine.«
Ich frage mich, warum sie so gelacht hat.

Siebenundzwanzigster Tag

Als er heute abend aus dem Büro zurückkam, goß er sich wie üblich als erstes einen großen Whisky ein. Ich streckte meine Hände fröhlich nach seinem Glas aus. »Ich! Ich!« bettelte ich, denn ich weiß, wie sehr sie diese rührenden kleinen Possen genießen.
»O, sieh einer an. Du willst also auch einen Whisky«,

kicherte er vergnügt. (Ehrlich, es ist so einfach, sie zu unterhalten.)

Sie beschloß, das Spiel durchzuziehen, und nahm ein anderes Whiskyglas vom Regal. »Ich hole dir einen Whisky, mein Schatz«, verkündete sie feierlich.

Sie kam mit einem Glas Zitronenlimonade zurück und hielt es mir hin. Ich griff danach, aber sie ließ nicht los. Sie wollte nicht das Risiko eingehen, einem Schnabeltassentrinker ein wirkliches Glas zu überlassen.

Ich sah ihn an. Er nahm einen großen Schluck aus seinem Glas und schmatzte zufrieden mit den Lippen.

Ich spielte mit. Ich nahm einen großen Schluck aus meinem Glas und schmatzte zufrieden mit den Lippen.

Sie machten sich fast in die Hosen. Offensichtlich hatten sie in ihrem armen, humorlosen Leben noch nie etwas Witzigeres gesehen.
»Und was trinkst du da, mein Schatz?« fragte sie.
Für meinen Geschmack hatten wir genug geplänkelt, und ich antwortete todernst: »Zotrine.«
Sie fanden das offensichtlich noch witziger.
Weiß Gott, womit sie sich amüsiert haben, bevor ich auf der Welt war.

Achtundzwanzigster Tag

Die Dampfwalze gab mir heute etwas zu trinken. Sie zeigte auf die Flaschen mit Orangen- und Zitronenlimonade. »Welche von beiden willst du haben?«
»Zotrine«, antwortete ich fest.
Sie fiel fast um vor Lachen, genau wie die beiden anderen. Was hat es nur mit dem Wort »Zotrine« auf sich, daß alle sich brüllend auf dem Boden wälzen, wenn sie es hören?
»Nein«, sagte sie. »Es heißt ›Zitrone‹. Hast du verstanden?«
»Zitrone«, wiederholte ich.
»Richtig.«
Als meine Mutter vom Büro zurückkam, fiel mein Blick etwas frostig aus. Die Dampfwalze erzählte ihr

von unserer Unterhaltung. »Aber keine Sorge, jetzt sagt er es richtig«, schloß sie ihren Bericht. »Ach, wirklich?« Ich meinte, eine Spur von Enttäuschung in ihrer Stimme entdeckt zu haben. »Ich fand es **so süß**, wenn er ›Zotrine‹ sagte.«
Wenn ich zum Analphabeten werde, dann ist wohl klar, wer dafür die Schuld trägt.

Zweiundzwanzigster Monat

Vierter Tag

Ich wachte so gegen sechs Uhr auf. Während ich noch leise gurgelnd und murmelnd im Bett lag, überlegte ich, welche Möglichkeiten sich heute für meine morgendliche Exkursion anboten. Da ich nicht mehr in mein Bett eingesperrt bin, habe ich volle Bewegungsfreiheit. Was sollte es heute sein? Runter in die Küche, den Kühlschrank aufreißen und Joghurt auf dem Boden verschmieren? Ins Wohnzimmer und Räder vom Traktor in den CD-Player stopfen? Ich kam zu dem Entschluß, daß wieder einmal ihr Schlafzimmer an der Reihe war. Sie schliefen noch fest – und die Katze lag auf der Decke zwischen ihnen. Ha! Da machen sie so einen Aufstand, wenn ich in ihr Bett komme, und dieser räudige Möchtegerntiger darf die ganze Nacht bei ihnen bleiben.
Ich verabschiedete die Katze mit einem geübten und extrem schmerzhaften Schwanzzwicken. Als ich ins Bett kletterte, hörte ich noch, wie die Katzenklappe zuschlug. Ich zwängte mich zwischen meine Eltern. Es war gemütlich und schön warm.

Fünfter Tag

Heute bin ich um drei Uhr morgens aufgewacht. Als ich gerade nach Trost und Rettung schreien wollte, fiel mir plötzlich ein, daß das nicht nötig war. Ich kletterte aus meinem Bett und legte mich zu ihnen. Das könnte zur Gewohnheit werden.

Sechster Tag

Meine neue Unabhängigkeit geht ihnen ganz schön auf die Nerven, denn ich bringe ihren Schlafrhythmus total durcheinander – was mich natürlich freut. Es ist bemerkenswert, wieviel Platz ein zu allem entschlossenes Kleinkind in einem Bett einnehmen kann.

	Prozentsatz der über den Körper hinaus eingenommenen Bettoberfläche	Beanspruchte Decke in Prozent
Normaler Erwachsener	17%	50%
Katze	56%	37%
Die kleine Nervensäge	184%	100%

Siebter Tag

»Es hat keinen Sinn, dagegen anzukämpfen«, sagte sie heute morgen zu ihm. (Es ist immer herzergreifend, wenn sie eine Unterhaltung so beginnt.) »Er ist aus dem Kinderbett herausgewachsen. Ich glaube, daß er ein größeres Bett braucht. Es wird ihm gefallen, in einem großen Bett zu schlafen. Und außerdem kommt er dann morgens nicht mehr ständig zu uns.« Na ja, zu fünfzig Prozent hatte sie recht.

Elfter Tag

Heute morgen kam mir plötzlich in den Sinn, daß ich schon eine Weile nicht mehr krank gewesen bin. Ich konzentrierte mich also und brachte einen wirklich recht vorzeigbaren Ausschlag auf Brust und Armen zustande.

Es war auf jeden Fall aufsehenerregend genug für sie, denn heute abend saß sie inmitten ihrer über den Wohnzimmerboden verstreuten Bücher über Kinderkrankheiten und versuchte, meine Pickel mit den Illustrationen in Übereinstimmung zu bringen.
Sie kam zu dem Schluß, daß der Ausschlag für Röteln nicht gesprenkelt genug und für Windpocken nicht stark genug war. Jetzt macht sie sich wirklich Sorgen. Sie glaubt, ich könnte eine von der Medizin bisher unerkannte Krankheit haben.

Ich war enttäuscht, als ich heute morgen aufwachte und mein unidentifizierbarer Ausschlag verschwunden war.
Also entschied ich mich statt dessen für einen Schnupfen. Schnupfen habe ich natürlich schon gehabt – kleine Schniefnasennummer. Aber einen richtigen starken Schnupfen kann ich noch nicht vorweisen.
Ich bin froh, daß ich bis jetzt damit gewartet habe, wo ich wirklich mobil bin. Es ist einfach für die Eltern, sich nach unten zu beugen und die Nase eines bewegungslos verharrenden Babys abzuwischen, aber es wird sehr viel schwieriger, wenn das Kind herumsausen kann und immer neue Ecken entdeckt, in denen es seinen Schnodder zurücklassen kann.

Ich begann damit an dem Tag, an dem die Dampfwalze hier war. Es fing mit einer Laufnase an, von der alles in meinen Mund heruntertropfte. Ich ließ ihn immer ein bißchen offen, damit sich Schnodder und Spucke vermischen konnten, um dann über mein Kinn auf meine Kleider zu laufen. Die Dampfwalze kapierte das zu meinem Leidwesen ziemlich schnell und legte mir ein Handtuch um den Hals, was mich natürlich extrem frustrierte.

»Hat ein bißchen Schnupfen«, erzählte sie, als meine Mutter von der Arbeit nach Hause kam. »Er war den ganzen Tag ein bißchen verschnupft.«

»Aber nichts Ernstes, oder?« fragte sie mit dieser unglaublichen Nervosität, die mein Gesundheitszustand immer bei ihr hervorruft. »Und er hat nicht wieder diesen Ausschlag?«

»Nein, es ist nur ein Schnupfen«, sagte die Dampfwalze und zog ihren neuen, mit einem Pelzkragen besetzten Mantel an.

Der Moment für einen meiner spontanen Zuneigungsausbrüche war gekommen. Angesichts meiner Beziehung zur Dampfwalze war sie mehr als überrascht, als ich mich auf sie stürzte und sie mit fetten, sabbernden Küssen überhäufte. Ich muß sagen, daß der Schnodder sich außerordentlich gut in ihren Pelzkragen schmieren ließ. Als es ihr endlich geglückt war, die Flucht zu ergreifen, konzentrierte ich mich mit meiner Zuneigung ganz auf meine Mutter. Sie trug ein neues schwarzes Kostüm. Als ich fertig war, sah es aus wie die Grand-Prix-Strecke für Schnecken. Ich war stolz auf mich.

Sie war hin- und hergerissen. Ihre Wut darüber, daß ich ihr neues Kostüm ruiniert hatte, wurde durch ihr Mitleid gemildert. Schließlich war ich krank und ertrug es tapfer. Sie unterdrückte also ihren Ärger und ging mein Essen holen.

Mein erster Gang war Hackfleisch mit Kartoffelbrei und Erbsen, dann gab es pürierten Apfel mit Joghurt. Das Gute an diesen Gerichten ist, daß sie sich, zu einem Brei vermischt, rein optisch kaum von Schnodder unterscheiden lassen.

Alles, was von meiner Nase heruntertropfte, und alles, was aus meinem Mund heraustropfte, vermischte sich zu einem wundervollen klebrigen Papp, den ich gleichmäßig über meine Kleider, meinen Hochstuhl und meine Mutter – wann immer sie nahe genug herankam – verteilte.

Anschließend steckte sie mich in die Badewanne. Auch die Handtücher habe ich anständig besudelt. An diesem Punkt angekommen, beschloß ich, daß ich lange genug tapfer gewesen war, und begann zu quengeln.

Im Quengeln bin ich recht gut. Die Kunst ist, sich auf einen nervtötenden Ton einzupeilen und immer wieder auf diesem Ton zu landen. Ich ging ihr ordentlich auf die Nerven und griff immer wieder nach ihrem Busen, in der Hoffnung, daß sie mir einen schnellen Schluck zugestehen würde, aber sie widerstand. Der Gedanke an eine mit Schnodder bedeckte Brust war mehr, als sie ertragen konnte.

Als sie mich ins Bett legte, quengelte ich immer noch,

brachte jedoch eine neue Variante: In das ständige Schniefen warf ich ein plötzliches Schnauben ein, so als wäre alles so verstopft, daß ich nicht atmen konnte.
Jetzt machte sie sich wirklich Sorgen, und ich bin zuversichtlich, daß sie eine Nacht verbringen wird, in der sie kaum einzuschlafen wagt, weil sie Angst hat, ich könnte ersticken.
Ich dagegen schlief wie ein Stein.

Dreizehnter Tag

Als ich aufwachte, waren Schlafanzug, Bettuch und Decke voll mit Schnodder. Ich watete hindurch und kletterte in ihr Bett. Nach kürzester Zeit waren auch bei ihnen Bettuch, Decke, Schlafanzüge, Haut und Haar voll mit Schnodder.
Das Zeug ist den ganzen Tag aus meiner Nase geflossen wie aus einer Betonmischmaschine.

Ich habe auch einen neuen Trick zur Vollendung gebracht. Ich lasse einen langen Faden von der Nase herunterlaufen, und kurz bevor er abreißt, drehe ich meinen Kopf plötzlich so zur Seite, daß der Faden in einer Wellenbewegung schwingt. Im Laufe des Tages wurde ich immer zielgenauer, und als meine Mutter nach Hause kam, konnte ich aus zwei Metern Entfernung einen Klumpen Schnodder auf die Jeans der Dampfwalze befördern. Nicht schlecht, was?

Zufällig brachte meine Mutter ein mit Plastikfolie überzogenes Paket auf einem Bügel mit. Klarer Fall – sie hatte ihr schwarzes Kostüm von der Reinigung abgeholt. Ich betrachtete es gierig, denn ein wenig Schnodderschießen mit dem Kostüm als Zielscheibe wäre gerade das Richtige gewesen.
Die Dampfwalze stürmte aus dem Haus, bevor ich ihr erneut eine spontane Demonstration meiner Zuneigung angedeihen lassen konnte. Sie verkündete, sie wolle so schnell wie möglich nach Hause gehen, denn sie fühle sich nicht sehr gut.
Meine Mutter übernahm das allabendliche Füttern, Baden und Ins-Bett-Bringen und sprach dann ein ern-

stes Wort mit mir. »Du mußt mir gut zuhören. Morgen habe ich eine wichtige Konferenz, auf die ich mich heute abend noch vorbereiten muß ... Sei ein guter Junge und schlaf brav ein.«
Man könnte denken, daß sie mich gut genug kennt, um das Schicksal nicht mit einem solchen Vorhaben herauszufordern.

Vierzehnter Tag

Ich habe ziemlich gut geschlafen, bin aber dadurch früh aufgewacht, daß ich hörte, wie sie aufstand. Sie versuchte, die Vorbereitung für die Konferenz nach-

zuholen, denn am Abend zuvor hatte ich sie mit Erfolg daran gehindert.
Ich hatte keine andere Wahl, als alle Register meiner Stöhn-, Schnief- und Atemstillstands-Show zu ziehen. Auf diese Weise schaffte sie auch morgens ihre Arbeit nicht.
Er ist manchmal gar nicht so blöd: Heute mußte er auf einmal ganz schnell und früher als üblich ins Büro. Wie der Blitz schoß er aus dem Haus und wünschte ihr viel Glück für die große Konferenz. So konnte er nicht mehr beobachten, wie sie in ihrem gereinigten schwarzen Kostüm wütend auf- und abging und auf die Dampfwalze wartete.
Er konnte auch nicht mehr hören, wie das Telefon klingelte und die Dampfwalze berichtete, sie hätte sich leider bei mir angesteckt und könne heute nicht kommen.

Er hörte auch nicht den wütenden Schrei meiner Mutter. Und er wurde nicht Zeuge, wie sie sich unterwürfigst bei ihrem Chef dafür entschuldigte, daß sie zu der Konferenz nicht kommen könne.
Außerdem vermochte er erst abends ihr schwarzes Kostüm zu bewundern, das ich so vollgeschmiert hatte, daß es nach einem Unfall in einer Klebstoffabrik aussah.

Fünfzehnter Tag

Heute morgen fühlte ich mich besser. Eigentlich habe ich mich mit dem Schnupfen nie richtig schlecht gefühlt. Aber auf die Nase binden muß ich es ihnen ja nicht.
Nein. Ich bin weiter quengelig und jammere vor mich hin. Mein Schnoddernachschub trocknet langsam aus, aber ich habe ihn so gut wie möglich durch Spukke und zerdrückte Banane ersetzt.
Die Dampfwalze war immer noch krank. Offensichtlich ist mein Schnupfen bei ihr zu einer ziemlich ekligen Grippe ausgeartet. Deshalb mußte sie noch einen Tag zu Hause bleiben. Es kamen ein paar ärgerliche Anrufe aus dem Büro, und sie betonte immer wieder, daß es sich um eine Ausnahme handle und daß sie absolut in der Lage sei, eine leitende Stellung innezu-

haben. Sie tanze nicht den ganzen Tag nach der Pfeife ihres Kindes. Auf welchem Stern lebt sie denn?
Als die Zeit für mein Bad gekommen war, sah sie ganz mitgenommen aus. Sobald er vom Büro nach Hause kam, zog sie sich ins Bett zurück, denn es tat ihr alles weh.
Er hatte nun die Verantwortung, und deshalb mußte er auch in der Nacht mit meinem Schniefen und Quengeln zurechtkommen. Ich nutzte diese Situation natürlich weidlich aus.

Achtzehnter Tag

Die Grippe hat sie vollkommen niedergestreckt. Auch die Dampfwalze liegt noch mit Fieber im Bett, und daher mußte er heute zu Hause bleiben und auf mich aufpassen.
Er rief im Büro an und bekam von seinem Chef ordentlich was zu hören, denn er ist wohl noch einer aus der alten Schule und hat noch nie etwas vom Konzept des Neuen Mannes gehört.
Ich schniefte, jammerte und ließ die Nase laufen, so gut es ging. Abends war er
a) erledigt, und
b) tat ihm alles weh.
Da ich im Triumph immer großzügig bin, beschloß ich, ihnen die Nacht nicht allzusehr zu vermiesen.

Zwanzigster Tag

Ihn hat die Grippe total geschafft. Jetzt habe ich also schon alle drei geliefert.
Ihre Mutter wurde bestellt, um nach mir zu sehen. Mein Schnoddernachschub ist jetzt total eingetrocknet, aber ich schaffe es immer noch, ordentlich zu schniefen und sehr anhänglich zu sein.

Er klagte darüber, daß ihre Mutter mich verzöge. Das stimmt voll und ganz, und nachdem sie bei uns war, gehe ich ihnen noch mehr auf die Nerven als sonst. Ihre Mutter fand, er stelle sich an, nur weil er ein bißchen krank sei. Aber Männer wären sowieso schlechte Kranke. Als der Tag sich dem Ende zuneigte, tat ihr alles weh.

Einundzwanzigster Tag

Ihre Mutter konnte heute nicht wiederkommen, um auf mich aufzupassen weil sie die Grippe hat. Er auch. Sie auch. Und die Dampfwalze hat angerufen und mitgeteilt, daß sie ebenfalls immer noch flachliegt. Deshalb kam seine Mutter, um nach mir zu sehen.

Sie klagte, daß seine Mutter mich verzöge. Das stimmt voll und ganz etc.
Seine Mutter fand, daß meine Mutter kein Mitleid mit ihm zeige, wenn er krank ist. Er sei schon immer sehr empfindlich gewesen. Seine Mutter war auch nicht sehr beeindruckt von dem Maß an Sauberkeit, das meine Mutter in der Küche walten läßt.
Als der Tag sich dem Ende zuneigte, tat ihr alles weh.

Zweiundzwanzigster Tag

Seine Mutter konnte heute nicht wiederkommen, um auf mich aufzupassen, weil sie die Grippe hat. Er auch. Sie auch.

Die Dampfwalze fühlte sich jedoch schon ein wenig besser und kam deshalb vorbei. Sie war abends jedoch ziemlich groggy.
Ich fühle mich gut. Wie schon seit Tagen.
Aber ich glaube, daß der nächste Schnupfen nicht lange auf sich warten läßt – ich habe da so ein komisches Gefühl.

Dreiundzwanzigster Monat

Zwölfter bis vierzehnter Tag

Dieses Wochenende habe ich einen dicken Batzen Qualitätszeit bekommen. Meine Eltern besaßen doch glatt die Unverschämtheit, das, was sie ihre »zweiten Flitterwochen« nannten, in einem Hotel zu verbringen. Und als ob das nicht schon schlimm genug wäre, lieferten sie mich übers Wochenende bei ihrer Mutter ab.

»Macht euch überhaupt keine Sorgen«, sagte die alte Dame, als ich ihr übergeben wurde. »Ich bin sicher, daß er mir nicht die geringsten Schwierigkeiten machen wird.«

Ich verstehe jetzt, wo meine Mutter ihre Einfältigkeit herhat.

Fünfzehnter Tag

Ihre Mutter hat vierzehn Tage auf einer Gesundheitsfarm gebucht, um sich vom Wochenende zu erholen.

Zwanzigster Tag

Samstag. Ich werde immer geschickter: Ich kann bestimmen, in welche Richtung ich mich bewegen möchte – vorwärts, rückwärts, seitwärts. Ich beherrsche das Wenden in drei Zügen. Ich kann meine Geschwindigkeit kontrollieren, wirksam Gas geben und sanft abbremsen. Ich kann eine Notbremsung durchführen.

Das bedeutet nicht, daß ich all diese Fähigkeiten voll entfalte. O nein. Ich bin schließlich noch ein Kleinkind, und es ist Ehrensache, daß ich mich wie ein Kleinkind verhalte.

Das Laufen eines Kleinkinds kann, wenn man es richtig macht, für den erwachsenen Begleiter eine der nervigsten Erfahrungen der Welt sein. Wie alle guten Praktiken, die Eltern zur Weißglut bringen, ruft das Laufen eines fast Zweijährigen zwei gegensätzliche Reaktionen hervor. Auf der einen Seite bewundern meine Mutter und mein Vater meine Fähigkeiten und

tun alles, um meine Entwicklung zu fördern. Auf der anderen Seite packt sie die Wut angesichts des Schneckentempos, das ich bei meinen Fortschritten an den Tag lege.
Heute war ein gutes Beispiel dafür. Und, nebenbei bemerkt, alle kleinen Nervensägen, die dies lesen, sollten sich diese perfekte AKT (Aufreizende Kleinkindtechnik) zu eigen machen.
Ein erfahrener AKT-Schüler tut sich sehr viel leichter, wenn er ein paar einfache Sätze beherrscht: »Ich machen!« ist ein wichtiger, aber »Will sehen!« und »schön!« können ebenso nützlich sein. »Tragen!« ist auch unentbehrlich, und es sollte immer begleitet sein von gebieterisch nach oben ausgestreckten Armen – nicht zu vergessen natürlich die bebende Unterlippe, die darauf hinweist, daß sich bald die Schleusen öffnen.

Und wie immer, wenn man mit Eltern zu tun hat, sollte man stets mit dem wichtigsten aller Worte bewaffnet sein: »Nein!«

Da heute Samstag ist, waren meine Eltern fest entschlossen, Qualitätszeit mit mir zu verbringen – ob ich wollte oder nicht. »Wir gehen einkaufen«, sagten sie, »und danach gehen wir Entchen füttern – das macht dir doch bestimmt Spaß, mein Schatz!«
Ich beschloß, daß es für mein erstes »Nein!« des Tages noch zu früh war. Statt dessen sagte ich: »Quack, quack.« Natürlich bin ich durchaus in der Lage, »Ente« zu sagen, wenn ich möchte, aber meine Eltern amüsieren sich immer so königlich, wenn ich ihre dummen Laute wiederhole, daß es wirklich gemein wäre, sie zu enttäuschen.

Weil es kalt war, begann die Expedition heute morgen damit, daß sie mir eine Schicht nach der anderen anzogen: Pullover, eine wasserdichte Jacke mit Reißverschluß, Schal, Handschuhe etc. Weil ich ein paar Sachen manchmal schon selber anziehen kann, ergab sich so die Gelegenheit für eine Menge »Ich machen!«.

Außerdem bot sich immer wieder die Möglichkeit für das allseits beliebte Spiel, die Arme durch den Halsausschnitt und den Kopf in einen Ärmel zu stecken. Das ist ein wunderbares Beispiel für AKT, das man fast unbeschränkt ausbauen kann. Eltern sind unheimlich fasziniert von der Idee, daß sich ihre Kinder selbst anziehen. Sie schauen deshalb lange qualvoll gelangweilt zu, wie sich ihre Nachkommen ungeschickt anstellen, und erst dann platzt ihnen der Kragen. Seiner platzte zuerst (was am Wochenende keine große Überraschung ist). »Gehen wir jetzt nach draußen, oder bleiben wir hier?!« knurrte er mürrisch.

»Wir gehen, sobald er angezogen ist«, erwiderte sie.

»Und warum ziehst du das Balg nicht einfach an?«

»Weil er es alleine machen möchte.«

»Himmelherrgott!«

Zu diesem Zeitpunkt war ich aber schon fast ganz angezogen. Sie beugte sich nach unten, um den Reißverschluß an meiner Jacke hochzuziehen. Ich drehte mich weg: »Ich machen!«

Das war selbst ihr zuviel. Sie hatte zu viele Stunden ihres Lebens damit zugebracht, zuzuschauen, wie ich hilflos mit Reißverschlüssen hantierte. »Nein!« fauchte sie mich an. »**Ich** machen!«

Einen Moment lang zog ich einen Wutausbruch als Reaktion in Betracht, entschied mich aber dann dagegen. Der Witz an dieser Übung – und eine hilfreiche Regel für Schüler der AKT – war, daß es so aussehen sollte, **als wollte ich helfen**.

Schließlich schafften wir es, das Haus zu verlassen und ins Auto zu steigen. Sobald ich in meinem Kindersitz saß, griff ich ungelenk nach dem Gurt und verkündete wieder: »Ich machen!«
»Nein, wenn wir das abwarten, kommen wir den ganzen Morgen nicht von hier weg!« fuhr er mich an und schnallte mich so fest, als wollte er einen Rollbraten aus mir machen.
Wenn wir samstags einkaufen gehen, ist unser Ziel immer eine dieser großen Fußgängerzonen mit Geschäften auf beiden Seiten. So etwas ist eine perfekte Arena für AK1, weil es dort vor Menschen nur so wimmelt.
Ich werde meine genau geplanten Maßnahmen von heute morgen nicht im Detail beschreiben, aber ich gebe gerne die Grundzüge der Praktiken wieder, die ich in der Vergangenheit als besonders wirkungsvoll empfunden habe.

GRUNDLAGEN DER LAUFTECHNIK FÜR KLEINKINDER

Es ist am besten, zunächst an der Seite der Eltern zu beginnen. Man sollte vermeiden, daß sie einen an den Händen halten, denn das könnte den Aktionsradius einschränken. Ein selbstbewußtes »Ich machen!« sorgt häufig dafür, daß sie die Hand loslassen, denn alle Eltern lassen sich von der Unabhängigkeit ihres

Kindes beeindrucken. Außerdem haben sie die entsprechenden Erziehungsratgeber gelesen und wissen, daß zuviel Beschränkung die psychische Entwicklung ihres Kindes hemmen könnte.
Einmal in Bewegung, sollte man allmählich der Laufrichtung der Eltern in die Quere kommen und langsam, aber sicher das Tempo verringern. So müssen die Eltern ausweichen, um nicht über ihr eigenes Kind zu stolpern.
Jetzt kommt die Notbremsung ins Spiel, die man vorher natürlich geübt hat. Man sollte sie nicht in jedem Fall benutzen, denn man muß ja auch die Techniken variieren, aber es kann absolut verheerende Folgen haben, wenn man von Zeit zu Zeit direkt vor den elterlichen Beinen abrupt stehenbleibt.
Nur wenige Wiederholungen dieses einfachen Manövers machen aus den Eltern innerhalb von fünf Minuten Nervenbündel.
Aber nicht vergessen: immer freundlich bleiben. Ein gewinnendes Lächeln und ein kleines triumphales Grinsen über die eigenen Fortschritte verstärken noch elterliche Wut und Schuldgefühle.

Die Trödeltechnik

Hinterherzutrödeln ist mindestens so wirkungsvoll, wie jemandem in die Füße zu laufen. Man sollte mit der Geschwindigkeit eines Erwachsenen beginnen, aber dann allmählich immer langsamer werden. Es ist erstaunlich, wie schnell man hinter einem Erwachsenen, der es eilig hat, zurückfallen kann.

Jedoch sollte man nie ganz stehenbleiben, denn sonst läuft man Gefahr, hochgenommen und weggetragen oder wieder in den Buggy gesetzt zu werden. Es ist besser, sich einfach unglaublich langsam zu bewegen und dabei immer ein Lächeln zur Schau zu tragen, das jedem mitteilt: Ich tue mein Bestes und strenge mich unheimlich an. Und nicht vergessen: Immer in Tränen ausbrechen, wenn die Eltern sich gezwungen sehen, den Trödler anzubrüllen. Besonders gut wirkt das, wenn nette alte Omas in der Nähe sind.

Die Abhautechnik

Diese Technik, die entweder von vorne oder von hinten durchgeführt werden kann, ist im Gedränge besonders wirkungsvoll. Sie garantiert selbst bei gelassenen Eltern absolute Panik.

Es ist wichtig, daß der Winkel, in dem man abhaut, nicht der Laufrichtung der Eltern entspricht. Das erste Stück Weg sollte man sehr schnell hinter sich brin-

gen, so daß man schon außer Sichtweite ist, bevor jemand das Verschwinden bemerkt. Anschließend kann man langsamer laufen oder sogar stehenbleiben. Ein guter Tip für diese Technik: Wenn man sich abgesetzt hat, sucht man sich etwas, bleibt davor stehen und tut so, als sei es die faszinierendste Sache der Welt. Wird man dann von den hysterischen Eltern entdeckt, zeigt man mit einem gewinnenden Lächeln auf das flauschige rosafarbene Nilpferd im Schaufenster (oder was einem gerade einfällt) und sagt: »Schön!«
In solchen Augenblicken finden es Eltern sehr schwer, mit ihren widersprüchlichen Gefühlen zurechtzukommen.

Die Buggylauftechnik

Alles, was bisher über die Lauftechnik bei Kleinkindern gesagt wurde, kann durch die Bewaffnung mit einem Buggy noch einen Grad zerstörerischer gestaltet werden.

Sobald man aus dem Buggy herausgenommen wird und Laufen angesagt ist, sollte man erkennen lassen, daß man den Wagen schieben will. Zwar wird es sofort Widerstand geben, aber man muß auf seinem Recht bestehen. Es könnte sich sogar lohnen, einen kleinen Wutausbruch zu inszenieren.
Sobald man den Eltern den Wagen entrissen hat, gelten die in den obigen Manövern beschriebenen Schritte. Da ein Buggy selbst unter Führung eines verantwortlich denkenden Erwachsenen so unberechenbar ist wie ein Einkaufswagen, wird er in den Händen eines Kleinkinds zu einem größeren Verkehrshindernis.
Ein Tip: Um eine möglichst große Wirkung zu entfalten, wenn man den Wagen durch die Menschenmassen schiebt, sind andere Kinder, Tiere, alte und gebrechliche Menschen die besten Ziele.
Es ist wichtig, nie zu vergessen, wie instabil ein Buggy ist. Wenn man anhalten oder einen Unfall in Szene

setzen will oder auch einfach Mitleid erregen möchte, reicht es, sich an den Griffen festzuhalten und sich auf den Boden zu setzen. Der Buggy wird sofort umfallen. Besonders befriedigend ist es natürlich, wenn man gerade beim Einkaufen war und die Mutter alles im Wagen verstaut hat, denn es wird mit Sicherheit alles auf die Straße rollen.

Zügel

Hierbei handelt es sich um eine menschenverachtende, teuflische Erfindung, die sicherstellt, daß Eltern und Kind im wahrsten Sinne des Wortes aneinandergebunden sind.
Manchmal haben sie die Form von altmodischen Laufgurten, manchmal sind es handschellenartige Dinger, an denen so etwas wie eine spiralförmige Telefonschnur festgemacht ist. Man sollte diese Ausrüstungsgegenstände meiden. Wenn man zum ersten Mal in Fesseln gelegt wird, bleibt einem nichts anderes übrig, als zu schreien, sich zu winden und im großen und ganzen ein möglichst großes Theater zu veranstalten. Wenn das alles nichts nutzt, ist es angesagt, sich so lange zu winden und zu krümmen, bis die Riemen sich um den Hals legen. (Eltern reagieren immer sehr schnell, wenn sich etwas um den Hals ihrer Kinder legt.)
Sollte der traurige Fall eintreten, daß all diese An-

strengungen nichts nutzen, sollte man nicht verzweifeln. Es gibt Techniken, die selbst diese unmenschlichen Instrumente zu einem Vorteil werden lassen. Immer wieder gilt die Maxime der kleinen Nervensäge:

Riemen und Schnur
verwickeln sich nur.

Ziel ist, sich so weit wie möglich von den Eltern zu entfernen und das Potential der Zügel voll auszunutzen. Da man dem Boden sehr nahe ist, wird ein gestraffter Riemen ganz schnell zu einem wunderbaren Stolperdraht. Auch hier gilt, daß sich andere Kinder, Tiere und insbesondere alle Menschen über sechzig hervorragend als Ziel eignen.
Wenn nichts Derartiges in Sicht ist, gibt es immer noch Bäume, Abfallkörbe, Ampeln, Straßenlampen etc. Der Phantasie sind keine Grenzen gesetzt.

Technik zum Einstellen der Lauftechnik

Wenn das Zerstörungspotential ausgeschöpft oder man vielleicht einfach erledigt ist, gibt es einen einfachen Weg, die Sache zu beenden. Es genügt, wie angewurzelt stehenzubleiben, die Arme nach oben auszustrecken und zu rufen: »Tragen!«
Es gilt, allen Versuchen zu widerstehen, einen zum Weitergehen zu bewegen.
Nebenbei bemerkt, sollte man diese Technik genau im richtigen Moment anwenden. Der beste Augenblick dafür ist, wenn die Mutter gerade die Einkäufe nach Hause trägt oder wenn man am Fuß eines Hügels angekommen ist, den man noch hochlaufen muß, um nach Hause zu kommen.
Wenn die Eltern den Wagen mitgenommen haben, funktioniert die »Tragen!«-Technik natürlich nicht. In diesem Fall sollte man zur Seesternposition (beschrieben in »Wie ich meinen Eltern den letzten Nerv raubte, S. 157) Zuflucht nehmen. Wenn man Arme und Beine von sich streckt, dauert es ewig, bis man im Wagen festgeschnallt ist. Wenn man einmal drin ist, gibt es noch die Möglichkeit, diverse Shows abzuziehen, die inzwischen in Fleisch und Blut übergegangen sein sollten. Folgende bieten sich an: die Runterrutsch-Show, die Handschuh-wegwerfen-Show, die Hand-im-Dreck-schleifen-lassen-Show und die Sich-an-etwas-Festhalten-Show.

Allgemeine Bemerkungen zur Lauftechnik des Kleinkinds

In meinen Ratschlägen zur Lauftechnik des Kleinkinds verwende ich immer wieder den Ausdruck »Eltern«, aber all das ist natürlich bei Kindermädchen, Babysittern, Großeltern usw. genauso wirkungsvoll.

Wie dem auch sei, ich habe heute morgen jedenfalls alles durchgespielt, und als wir mit dem Einkaufen fertig waren, waren meine Eltern so erledigt, daß das Entchenfüttern ausfiel. Mir machte das nichts aus. Wenn man mich fragt: Hast du **eine** Ente gesehen, dann hast du alle gesehen.
Das hat mich wohlgemerkt nicht davon abgehalten, den Rest des Tages zu quengeln und immer wieder vorwurfsvoll vor mich hinzumurmeln: »Quack, quack.«

Vierundzwanzigster Monat

Erster Tag

Ich habe es so satt, daß meine Eltern ständig versuchen, mir abstoßende kleine Rotzlöffel als »Freunde« aufzudrängen. Deshalb habe ich beschlossen, meinen eigenen Freund zu erfinden.
»Krecki«, so heißt er – »Krecki«. Ich habe noch nicht entschieden, ob es ein Junge oder ein Mädchen wird.

Vierter Tag

Samstag. Ich habe beschlossen, daß heute der richtige Tag ist, um Krecki der staunenden Welt – oder zumindest meiner Mutter – vorzustellen.

Kreckis ersten Auftritt habe ich sehr sorgfältig geplant. Sie hatte wieder einmal einen rührenden Versuch mit den Trainers gestartet, und daher fand ich es sehr passend, in der Küche Pipi zu machen.

Kurzer Exkurs über die Ortswahl beim Pipimachen

Die Entscheidung bleibt natürlich jedem selbst überlassen, aber man muß schon genau überlegen, welchen Effekt man erzielen möchte. Auf eine glänzende Oberfläche wie den Küchenboden zu pieseln, ist meist auffälliger als eine Lache auf dem Teppich – obwohl das natürlich auch ein bißchen von der Farbe des Teppichs abhängt.

Die Nachteile des Pieselns auf einen glänzenden Boden sind:

A) Das Pipi kann mit einer anderen verschütteten Flüssigkeit verwechselt werden.
B) Es läßt sich leicht aufwischen.

Die Nachteile des Pieselns auf einen Teppich sind:

A) Es ist kein nettes Plätschern zu hören.
B) Der kleine See könnte längere Zeit unentdeckt bleiben.

Aber der große Vorteil des Pieselns auf einen Teppich ist, daß sie es **mit der Zeit** merken. Und wie!

TIP: Man sollte versuchen, eine Woche lang jeden Tag an derselben Stelle zu pieseln.

Die Auswahl des Zielgebiets sollte mit größter Sorgfalt geschehen. Die Stelle sollte nicht zu offensichtlich sein, denn sonst wird die Hinterlassenschaft sofort bemerkt und beseitigt. Daher sollte die Wahl auf einen Ort fallen, der nicht im normalen Blickfeld liegt – hinter dem Sofa ist beispielsweise ideal. Und wenn noch dazu ein Heizkörper in der Nähe ist – um so besser. Seine Wärme wird die Reifung des entstehenden Aromas deutlich fördern.

Nach ungefähr einer Woche müßte sich eigentlich die Belohnung einstellen: Ein Ausdruck von Ekel und gerümpfte Nasen sollten sich bei allen Besuchern einstellen, die das Haus betreten. Mit ein wenig Glück nehmen die Eltern den Geruch nicht wahr, weil sie

mehr Zeit zu Hause verbringen und der Duft der großen weiten Welt sich sozusagen langsam eingeschlichen hat.
Und natürlich sollte man nicht vergessen, daß alles, was man mit Pipi machen kann, sich auch mit Aa veranstalten läßt. Die Schwierigkeit ist nur, daß Eltern das meist schneller bemerken – besonders wenn man versucht, einen Haufen auf den Teppich zu türmen.

Wie dem auch sei – wo war ich eigentlich stehengeblieben? O ja, Krecki.
Richtig! Ich hatte also die Trainers runtergezogen und gerade auf den Küchenboden gepieselt, während sie mir den Rücken zudrehte. Sie drehte sich um, sah die kleine Lache und sagte: »O je! Was hast du denn da gemacht?«
»Krecki«, sagte ich stolz.
»Ja, das ist es«, sagte sie. »Sehr dreckig.«
Ich halte es nicht aus! Es gibt wohl kein Kind auf der Welt, das so oft mißverstanden wird wie ich!

Sechster Tag

Jetzt fängt das Getue um Weihnachten wieder an. Die Kinderstunde ist voll damit. All diese idiotischen Moderatoren treten in roten Weihnachtsmannkostümen auf, und sogar auf die Klorolle – von der ich immer noch glauben soll, daß es sich um eine Maus handelt – haben sie einen Mistelzweig gesteckt.

Die Werbung ist schrecklich. Sie leistet der Habgier Vorschub. Es scheint ganz klar unter der Würde eines Kinds zu sein, sich ein Geschenk für unter DM 120,– zu wünschen.
Hm ... Vielleicht sollte ich noch »Sega« und »Nintendo« in meinen stetig wachsenden Wortschatz aufnehmen.

Achter Tag

Als sie heute abend vom Büro nach Hause kam, gab sie mir ein Blatt Papier, ein paar Buntstifte und ließ mich malen. Mir macht das normalerweise nichts aus, und ich kritzle dann eine Weile fröhlich vor mich hin.

Es sei jedoch hinzugefügt, daß ich sofort den Griffel aus der Hand lege, wenn ich aus ihrem Mund das Wort »pädagogisch wertvoll« höre.
Wie dem auch sei – als mir heute langweilig wurde, sah sie sich meine Schmiererei an, als handle es sich um die Qumram-Rollen vom Toten Meer, und sagte: »Schau mal – du hast aber einen schönen Brief ans Christkind geschrieben!«
Was?
Daraufhin warf sie das Blatt ins Feuer und sagte: »Tja, jetzt wird sich herausstellen, ob dir das Christkind das bringt, was du dir wünschst.«
Ich frage mich, wie lange es noch dauern wird, bis sie eingewiesen wird.

Elfter Tag

Da es nun angesagt zu sein scheint, einen Weihnachtswunsch zu nennen, habe ich mich entschieden. Sie zeigen in der Glotze immer diese Werbung für eine Art Superfernbedienung, die sie »Super-Mega-CD-Blaster« nennen. Er kostet die Kleinigkeit von DM 120,–. So einen will ich.

Zwölfter Tag

Habe den Tag damit verbracht, das Wort »Super-Mega-CD-Blaster« zu üben, damit ich die Antwort parat habe, sollte mich jemand nach meinem Wunsch für Weihnachten fragen.

Achtzehnter Tag

Samstag. »Ich habe eine Überraschung für dich, mein Schatz«, verkündete sie heute morgen, nachdem sie mich angezogen hatte. Ich begrüßte diese Ankündigung mit der gewohnten Skepsis, die wuchs, als klar wurde, daß wir nur einkaufen gingen. Ich meine, da wir seit meiner Geburt fast jeden Samstagvormittag einkaufen gehen, wird mir wohl verziehen, daß dieses Ereignis für mich nicht den größten Überraschungseffekt hatte.

Als wir in der Fußgängerzone ankamen, wollte ich ein

paar Tricks aus meiner Lauftechnik zum besten geben, ein paar Passanten zwischen die Beine laufen, ein paar Rentner umnieten etc., aber sie hatte etwas anderes vor. »Nein«, sagte sie und gurtete mich in meinem Kinderwagen fest. »Wir müssen uns beeilen, wenn wir dasein wollen, bevor die Leute Schlange stehen.« Und sie sauste mit mir in einen großen Laden.
Sie schob mich in den Aufzug, und wir kamen in der Spielzeugabteilung heraus. Ich wollte gerne die Spielzeuge ein bißchen aus der Nähe betrachten, aber ich durfte nicht.
Statt dessen raste sie mit mir durch etwas, was wie ein Wellblechtunnel mit Lametta aussah. Neben einer Kasse stand eine kurze Schlange von entschlossen wirkenden Eltern und verwirrt aussehenden Kindern. Sie stellte sich mit mir (immer noch im Wagen festgezurrt) hinten an.
Ich fand das tödlich langweilig und fing an zu quengeln. »Jetzt mach hier bitte keinen Aufstand«, gurrte sie. »Gleich wirst du eine Überraschung erleben.«
Schließlich rückten wir an den Anfang der Schlange vor, und sie zahlte unheimlich viel Geld – so erschien es mir jedenfalls, denn sie bekam kein Rückgeld. Sie schnallte mich los und führte mich an den Anfang des Lametta-Tunnels. Drinnen brannten Tausende von kleinen Lichtern.
»Na, und was erwartet dich da wohl am Ende des Tunnels?« fragte sie gefühlsduselig.
Woher sollte ich das denn wissen?

»Na, dann geh mal und schau nach«, sagte sie und gab mir einen kleinen Schubs.
Ich bin ein entgegenkommender Mensch, und so trottete ich den Tunnel hinunter. Sie folgte ein paar Schritte hinter mir.
Ich bog um die Kurve, und plötzlich bot sich mir ein schrecklicher Anblick. Ein böser alter Mann mit einem weißen Bart und einer offensichtlich durch reichlichen Alkoholgenuß geröteten Haut warf mir von seinem großen Thron aus einen durchtriebenen Blick zu. »Hallo«, krächzte er. »Na, willst du dich nicht auf meinen Schoß setzen?«
Ich tat das, was jedes Kind mit einem Minimum an Selbstachtung getan hätte. Ich schrie, drehte auf dem Absatz um und schoß zurück durch den Tunnel.
Sie blockierte mein Fortkommen mit einer Bewegung, die jedem Verteidiger bei Leeds United alle Ehre gemacht hätte. Sie hielt mich im Schwitzkasten und sagte mit fester Stimme: »Na, komm schon, du willst doch bestimmt den Weihnachtsmann sehen.«
Manchmal bin ich der Verzweiflung nahe. Meine Schreie, meine Körpersprache, alles an mir zeigte ganz klar: Nicht um alles auf der Welt wollte ich zum Weihnachtsmann gehen.
Aber sie ließ sich nicht beirren. Sie schleppte mich mit dem Kopf nach unten zurück zu der Höhle, wo dieser ekelerregende alte Mann auf mich wartete und mich böse durch seine abscheuliche Gesichtsbehaarung anschaute.

»Na, willst du dich jetzt auf den Schoß vom Weihnachtsmann setzen?« flötete sie und hob mich hoch, um mich auf die fremden Knie zu befördern.

Ich trat in alle Richtungen um mich, und ich bin froh, sagen zu können, daß ein harter, kleiner Schuh den Weihnachtsmann durch den Bart hindurch an seiner Kinnspitze erwischte. Er wich zurück, und sie nahm Abstand von der Idee, mich auf seinen Schoß zu setzen. »Willst du denn nicht wenigstens seine Hand schütteln?« bot sie als Alternative an. (Das ist mein neuer Trick. Ich bin nicht besonders scharf darauf, anderen Leuten die Hand zu schütteln, aber meinen Eltern macht es so viel Spaß, daß ich ihnen manchmal den Gefallen tue.)

Der Weihnachtsmann, einen gespielt gutmütigen Ausdruck auf seinem geröteten Gesicht, streckte seine

weiß behandschuhte Hand nach mir aus. Ich biß hinein. Fest. Er zog die Hand schnell zurück.
»Wie heißt du denn?« fragte er sichtlich weniger gutmütig.
Ich dachte gar nicht daran, es ihm zu sagen. Wenn er wußte, wer ich war, würde er vielleicht versuchen, mich zu Hause zu kriegen. Aber sie übte wieder einmal Verrat an mir und gab meinen Namen preis. Sie sagte ihm auch, wo ich wohnte. »Dann können Sie ja Weihnachten kommen und ihn besuchen.«
War sie verrückt geworden? Ich fing wieder an zu schreien.
»Und was wünschst du dir zu Weihnachten?« fragte der Weihnachtsmann, dessen Vorrat an Gutmütigkeit mit rasender Geschwindigkeit zur Neige ging.
Endlich eine Frage, die ich beantworten konnte. Laut und klar verkündete ich: »Einen ›Super-Mega-CD-Blaster‹.«
»O, das ist ja sehr interessant«, sagte der Weihnachtsmann. Er langte in eine der Kisten neben seinem Thron, zog ein mit Geschenkpapier eingewickeltes Päckchen heraus und gab es mir. Meine Tränen ver-

siegten sofort. Vielleicht hatte es doch etwas Gutes, fremde alte Männer in roten Anzügen zu treffen. Ich hätte nie geglaubt, daß es so einfach sein würde, einen »Super-Mega-CD-Blaster« zu bekommen.
»Sag danke schön«, sagte sie.
»Danke schön«, sagte ich.
Kaum hatten wir die Höhle verlassen, riß ich das Papier von meinem Geschenk auf. Ich konnte es kaum erwarten, meinen »Super-Mega-CD-Blaster« in Augenschein zu nehmen.
Aber was kam da zum Vorschein? Ein schlampig angemaltes Spielzeugauto, made in Korea, das noch nicht einmal einen Motor hat. Ha!

Fünfundzwanzigster Tag

Weihnachten. Es war genauso wie Weihnachten letztes Jahr, so daß es fast nicht lohnt, davon zu berichten.

Beide Großeltern kamen und waren bis nach dem Essen von eisiger Freundlichkeit. Dann löste der Alkohol ihre Zungen, und sie warfen sich an den Kopf, was sie wirklich voneinander dachten.
Die Geschenke wurden ausgetauscht. Ich war total enttäuscht, als ich feststellte, daß niemand auf die Idee gekommen war, mir einen »Super-Mega-CD-Blaster« zu schenken, obwohl ich die vorangegangenen zwei Wochen diese vier Worte unaufhörlich vor mich hingebrabbelt hatte. Um zu zeigen, wie gekränkt ich war, strafte ich alle meine Geschenke mit Nichtachtung und wurde bald entsetzlich müde. Und natürlich endete das Ganze mit Tränen.
Wird Weihnachten wohl bis zum Ende meines Lebens so aussehen?

Siebenundzwanzigster Tag

In der letzten Zeit kichern meine Eltern ständig. Irgendwas ist da im Busch. Zweifellos ist es wie immer etwas, was sie eigentlich nicht tun sollten. Ich muß sie im Auge behalten.

Neunundzwanzigster Tag

Meine Mutter stellte mir eine alberne Frage, als sie heute aus dem Büro kam. »Was würdest du davon halten, wenn deine Mama noch ein Baby bekäme?«
Meine Vorstellungen zu diesem Thema waren eindeutig. Ich finde diese Idee ganz und gar verwerflich und hielt mit meinen Gefühlen nicht hinter dem Berg. Abgesehen von allem anderen hielte ich das für einen Akt grotesker Unverantwortlichkeit. Nach einer langen Babypause hat sie erst vor kurzem wieder angefangen zu arbeiten; den Job so schnell wieder hinzuwerfen, wäre ihrem Boß gegenüber äußerst unfair.
Auch wenn man bedenkt, wie rücksichtslos sie bei meiner Erziehung vorgegangen ist, glaube ich nicht, daß sie als Mutter für weitere Kinder geeignet wäre. Ihr geringer Vorrat an Mutterinstinkten ist schon allein durch mich ziemlich aufgebraucht.

Einunddreißigster Tag

Verrat! Heimtücke!
Die rücksichtslose Unerbittlichkeit der Ereignisse nimmt mir den Atem!
Es ist kaum zu glauben, was sie heute tat, nachdem ich ihre seltsame Andeutung über ein zweites Baby vorgestern klipp und klar beantwortet hatte.
Sie stellte sicher, daß er auch da war, nahm mich hoch, setzte mich auf ihren Schoß und sagte: »Mama und Papa haben eine ganz große, aufregende Überraschung für dich ...«
Inzwischen ist bekannt, wie ich zu dem stehe, was ihrer Meinung nach eine aufregende Überraschung sein soll. Ich begann, einen vielversprechenden angetrockneten Popel aus meiner Nase zu bohren.
»Ja«, begeisterte er sich. »Es ist wirklich eine gute Nachricht.«
Ich hatte keine Ahnung, welche Bombe mich gleich treffen würde. Ich löste einen Megapopel aus meiner Nase und steckte ihn in den Mund.
»Rate mal ...!« Sie kicherte schüchtern. »Nein, sag du's ihm.«
Er kicherte auch. »Nein, du.«
Gelangweilt kaute ich auf meinem Popel herum.
»Ich bekomme noch ein Baby«, verkündete sie.
Mein Mund blieb offenstehen. Der Popel tropfte am Ende eines Spuckefadens auf mein Kinn.

»Ja«, fuhr er fort. »Du bekommst ein kleines Schwesterchen oder ein Brüderchen!«
Sie strahlte mich an. »Na, und ...?« fragte sie. »Was sagst du dazu?«
Dazu hätte ich viel sagen können, aber ich beschränkte mich auf die schlimmsten Schimpfworte, die mir zur Verfügung standen: »POPO! AA! TOPF!«
Und als sie wie immer nur Bahnhof verstand und loslief, um den Topf zu holen, ging mir nur ein Gedanke durch den Kopf: DAS BEDEUTET KRIEG!

Simon Brett

Wie ich meinen Eltern den letzten Nerv raubte

Enthüllungen eines Säuglings

Haben Sie sich je gefragt, was hinter der engelsgleichen Fassade eines schlafenden Säuglings vorgeht? Was will uns das Kind sagen, wenn es vor sich hin gurgelt? Warum rudert es mit den kleinen Ärmchen?
In Tagebuchform erzählt ein Säugling (und Satansbraten) Woche für Woche, wie er seine Eltern auf Trab hält und in die totale Verzweiflung treibt ... Da bleibt kein Auge trocken!

Christine Mennel

Achtung, fertig, Baby!

Turbulente Geschichten um Windeln, Brei und durchwachte Nächte

Wieso kommen Kinder eigentlich ohne Gebrauchsanweisung zur Welt?, fragt sich Christine Mennel und erzählt turbulente Geschichten rund ums erste zahnlose Lächeln, die Jagd nach dem perfekten Babysitter oder die Suche nach ein wenig Zweisamkeit. Die perfekte Lektüre für junge Eltern, die gewappnet sein wollen für das tägliche Chaos mit den lieben Kleinen.

Knaur Taschenbuch Verlag